Hagebutten Blues

Ein Fall für Emely Petersen – **Band 8**

Ele Wolff

Ostfrieslandkrimi

Impressum

Ele Wolff/ Birgit Baasner
Okko ten Broekstraße 37
26789 Leer/Ostfriesland

Lektorat/Korrektorat:

Ela Marwich von Textcheck Agency

Covergestaltung:
k-e-coverdesign@gmx.de

Bildquellen: Pixabay/ k-e-coverdesign -AI Bilder

Alle Personen und Geschehnisse in diesem Buch sind ein reines Hirngespinst meinerseits. Etwaige Ähnlichkeiten mit realen Personen sind nicht beabsichtigt oder gewollt. Alles ist fiktiv, außer dem ostfriesischen platten Land mit seinen Besonderheiten, das gibt es wirklich.

HAGEBUTTEN BLUES

Ein Fall für Emely Petersen – **Band 8**

Ele Wolff

Ostfrieslandkrimi

1

»Es ist wie es ist«, nuschelte Selma Venema und zuppelte ihren Büstenhalterträger zurecht. »Es soll ja Frauen geben, die sich ihre Oberweite aufpolstern lassen«, dozierte die Vierundsechzigjährige und sah auf ihren gewichtigen Busen hinab, »ich könnte davon noch etwas abgeben.«

»Selma, bleib du mal so, wie du bist, das ist genau richtig«, bekräftigte ich und stach mit meiner Gabel in ein Stück Schokoladenkuchen. Genüsslich ließ ich mir die Köstlichkeit auf der Zunge zergehen. Unsere Kuchenbäckerin war die beste überhaupt. Zugegeben, meine Backkunst war auch nicht von schlechten Eltern, aber Selma war mit Abstand die Weltbeste in ihrem Metier.

Mein Name ist Emely Petersen, ich bin Anfang … oder sagen wir besser fast Mitte fünfzig und verwitwet. Im Moment saß ich in der Küche meines Cafés Kluntje in Neuharlingersiel an der Nordseeküste und sah Selma zu, wie sie voller Inbrunst einen Klumpen Teig knetete.

»Was meinst du, Emely?« Selma hob den Kopf und sah mich an. »Der Kuchen mit Schokolade und Chili kam doch gut an.«

»Ja klar«, quetschte ich hervor, »und deinen Friesenstrudel sollten wir auch weiterhin anbieten.«

Mit der Hand wischte ich mir die Krümel vom Mund, stand auf und stellte meinen Teller in die Spüle. Kuchen aß ich für mein Leben gerne. Leider schlug sich alles sofort auf meinen Hüften nieder. Aber es gab ja Klamotten mit einem hohen Elasthananteil, legere Shirts und Sicherheitsnadeln in allen Größen, wenn ein Reißverschluss mal nicht zuging.

»Ich bin dann mal weg«, verkündete ich und ging rüber ins Café. Zufrieden und stolz sah ich mich im Gastraum um. Hier hatten sich Flohmarktartikel, Möbel von Dachböden und viele Bücherregale zu einer gemütlichen Einheit versammelt.

Leevke, eine junge Frau aus dem Ort, war die beste und umsichtigste Mitarbeiterin, die ich je hatte. Alles hatte sie im Griff, war immer freundlich zu unseren Gästen und gab mir genügend Freiraum, wenn ich wieder mal in den Angelegenheiten anderer Leute herumschnüffelte.

Übrigens: Meinen englisch klingenden Vornamen gab mir meine Mutter in Erinnerung an meinen leiblichen Vater, der noch vor meiner Geburt das Weite gesucht hatte und in seiner englischen Heimat untergetaucht war. Wir kannten nur seinen Vornamen – Christopher – und haben nie wieder etwas von ihm gehört.

»Mama, ich muss los«, unterbrach meine Tochter Annalotta meine Gedanken. »Du wolltest mir doch noch zehn Euro …«

»Die liegen oben in der Wohnung auf dem Küchentisch«, unterbrach ich sie. »Hoffentlich hat sich dein Bruder nicht daran bedient.«

Meine beiden sechzehnjährigen Zwillinge waren in der Regel ein Herz und eine Seele, aber manchmal rappelte es auch ganz schön zwischen den beiden.

»Nee, Wilko ist auch schon weg«, meinte meine Tochter, »ich gehe noch mal nach oben.«

Das Café war gut besucht. Entspannt saßen die Gäste an den alten Tischen, tranken Ostfriesentee, welchen wir ihnen stets auf einem Stövchen servierten, und genossen Selmas süße Köstlichkeiten.

Wie mehrmals wöchentlich am Nachmittag trudelten die Teeschwestern ein. Dabei handelte es sich um vier Freundinnen, die ständig ausgiebig tratschten, dass die Wände in unserem Küstenort wackelten.

Das Quartett bestand aus Netti, meiner Schwiegermutter, die Mutter meines verstorbenen Mannes Gero, der aufgetakelten Franziska, der bodenständigen Tabea und der ewig kränklichen Hedwig, die sogar im Sommer wollene Unterhosen trug aus Angst vor einer Entzündung an ihren empfindlichsten Stellen.

»Was darf es denn heute sein?« Fragend sah ich

die Damen nacheinander an.

»Für mich nur einen leichten Kamillentee«, hauchte Hedwig mit leidvoller Miene. »Die ganze Nacht habe ich kein Auge zugetan, immer diese Koliken.«

»Ich habe mal gehört«, zischte Franziska bösartig, »dass man bei vermehrten Gallenkoliken seine Ernährung umstellen sollte. Wenig Fett, viel Gemüse.«

Tabea wiegte den Kopf hin und her. »Hedwig, solche Essensgewohnheiten wird dein Mann doch sicher nicht mitmachen, oder?«

»Das ist es ja«, jammerte die Angeschlagene, »Fleisch und Salzkartoffel ... das reicht ihm. Gemüse und Salat lehnt er total ab.«

»Mir bringst du bitte Tee und Ostfriesentorte«, bat mich Netti, ohne näher auf die Leidensgeschichte ihrer Freundin einzugehen. Tabea und Franziska bestellten das Gleiche.

Amüsiert beobachtete ich, wie die Damen tuschelten, kicherten und sich auch manchmal böse Blicke zuwarfen. Noch immer wunderte ich mich, wieso die vier – bei aller Verschiedenheit – doch wie Pech und Schwefel zusammenhielten.

Hedwig war vor ein paar Jahren sechs Wochen nach Weihnachten beim Gardinenaufhängen auf die Marmorfensterbank gefallen und hatte sich wegen ihrer, wie sie meinte, schweren Verletzungen von der Gruppe bis auf Weiteres verabschiedet. Netti und ihre Freundinnen waren aber der Ansicht, dass ein verstauchtes Handgelenk kein Grund sei, sich für immer ins häusliche Schneckenhaus zurückzuziehen. Drei Wochen lang waren sie jeden Nachmittag um Punkt drei Uhr bei Hedwig und Frerk zu Hause aufgetaucht. Franziska hatte Tee aufgebrüht und Selmas Tortenstücke auf einer Kuchenplatte angerichtet, während Tabea den Tisch deckte.

Die Frauen tranken Tee und ließen sich von Hedwig mit Teelikör verwöhnen, während Frerk im weit vom Haus entfernten winterkalten Schuppen frierend darauf wartete, dass die Luft wieder rein war. Irgendwann wurde es Hedwigs Gatten zu bunt.

»Dieses Weibergesabbel hält doch kein Mensch aus. Ich friere mir den Arsch ab, während ihr hier Kochrezepte austauscht«, schrie er eines Abends seine Frau an. Er verordnete Hedwig, wieder regelmäßig an den Treffen der Teeschwestern teilzunehmen, damit er in Ruhe sein Sofa bewohnen konnte.

Eine Reisegruppe aus Stuttgart orderte Tee auf dem Stövchen und dazu Friesenstrudel. Geduldig beantwortete ich alle Fragen zu unserem Ort und servierte anschließend auf Kosten des Hauses für jeden einen Teelikör.

Netti stand plötzlich neben mir. »Emely, ich glaube, wir müssen Hedwig nach Hause bringen. Irgendwie sieht die ganz schön bleich aus.«

»Führ sie mal zur Hintertür. Ich hole das Auto und bringe sie nach Hause.«

Nur mit Mühe konnten wir wenig später Hedwig in meinen Bulli bugsieren. Sie lehnte sich zurück und murmelte mehrere Dankesworte. Ihr Mann Frerk stand schon in der Haustür, um seine hinfällige Gattin in Empfang zu nehmen.

»Netti hat mich schon informiert«, teilte er mir mit, zog Hedwig aus dem Bus und schob sie ins Haus. Man merkte ihm an, dass er mit den Kränkeleien seiner Frau bestens vertraut war.

»Emely, eine ältere Dame war hier und hat nach dir gefragt«, sagte Leevke, als ich zurückkam.

»Hat sie gesagt, was sie wollte?«

Die junge Frau schüttelte den Kopf. »Sie hat weiter nichts erklärt, aber ihre Karte hiergelassen.«

Leevke reichte mir eine elegante Visitenkarte mit Blümchenrand. »Fanny Collins«, las ich laut vor, »und eine Adresse in Schottland?« Fragend sah ich die junge Frau an. »Ich kenne niemanden aus Schottland.«

»Sie hat nur gesagt, dass es wichtig sei«, bekräftigte Leevke. »Sie wohnt im Hotel Deichhuske. Sie ist ungefähr in Selmas Alter.«

»Keine Ahnung, wer das ist«, murmelte ich und starrte weiterhin auf die Karte. »Aber das werde ich gleich wissen.« Da mein zweiter Vorname Neugier ist, machte ich mich sofort auf den Weg ins Hotel Deichhuske.

Roswitha de Vries, meine spindeldürre Freundin und Hausdame des Hotels, eilte schon auf mich zu, als ich die Halle betrat. »Hast du sie schon getroffen?«

»Wen meinst du?«

»Die Frau aus Schottland, sie wollte zu dir.«

»Sie war im Café und hat nach mir gefragt. Deshalb bin ich hier.« Ich hielt Roswitha die geblümte Karte hin. »Was will die nur von mir?«

»Ja, Frau Collins … Warte, ich rufe sie an.«

Ich setzte mich auf das runde Sofa im Eingangsbereich und wartete ungeduldig auf das Erscheinen des mir unbekannten Hotelgastes.

Es dauerte noch keine fünf Minuten, als eine schmale Frau ungefähr Ende sechzig aus dem Aufzug trat. Mit einem gewinnenden Lächeln kam sie auf mich zu und streckte mir ihre Hand entgegen. »Emely … endlich … ich bin froh, dass ich dich gefunden habe.«

Ich muss sie angesehen haben wie eine Kuh, wenn es donnert. »Ich weiß jetzt nicht so genau …«

Sie hielt immer noch meine Hand. »Sorry, ich bin aber auch ein Schaf. Ich bin deine Tante Fanny aus Schottland. Dein Vater war mein Bruder.«

Ich verstand immer noch nur Bahnhof. »Das kann nicht sein«, stammelte ich, »mein Vater kam aus England … das hat meine Mutter jedenfalls immer behauptet.«

Fanny Collins hakte sich bei mir unter. »Komm, wir gehen nach draußen. Die Frühlingssonne ist so angenehm. Dann erzähle ich dir alles.«

Sie lotste mich vor dem Hotel zu einer Bank unter einer Kastanie. »So, jetzt …« Fanny Collins' graue Haare kringelten sich in kleinen Löckchen um ihr fast faltenfreies Gesicht. Sie zog aus ihrer Ledertasche ein Etui, entnahm ihr ein Zigarillo, zündete es an und sog genüsslich den Rauch ein. Mit kurzen Stößen und leicht geöffneten Mund stieß sie kleine Wölkchen wieder aus.

»Das ist so eine Leidenschaft von mir.« Sie lächelte. »Mein Mann wollte mir das immer abgewöhnen, aber wie du siehst, ist es ihm nicht gelungen.« Sie drehte sich jetzt zu mir um. »Also mein Kind. Dein Vater Christopher war zehn Jahre älter als ich. Wir sind in England aufgewachsen, in einem kleinen Ort im Südwesten der Insel. Erst nach seinem Tod vor drei Jahren habe ich erfahren, dass er in Deutschland ein Kind hat.«

»Aber Sie … du kommst doch aus Schottland?«

Sie nickte und lächelte. »England habe ich schon in jungen Jahren verlassen und bin zu meinem Mann Sean nach Aberdeen gezogen.« Elegant klopfte sie die Asche des Zigarillos ab. »Wir hatten eine Tanzschule, musst du wissen, aber nach seinem Tod …«

»Mein Vater? Was war mit ihm?«

»Tja, Christopher war ein Leichtfuß und nicht sehr bodenständig. Er wohnte in einem kleinen

Haus in dem Ort, in dem wir aufgewachsen sind. Ich habe seinen Nachlass geregelt und bin dabei auf dich gestoßen.«

»Hat er denn etwas über mich niedergeschrieben?« Erst jetzt fiel mir auf, dass ihr Deutsch von einem leichten schwäbischen Akzent geprägt war.

»Nun, nicht direkt geschrieben.« Sie kramte in ihrer Tasche und zog einen Umschlag heraus. »Hier, das sind ein paar Fotos. Er hat sie wohl seinerzeit aus Deutschland mitgebracht.«

Meine Hände zitterten, als ich die Bilder entgegennahm. Es zeigte meine sehr junge Mutter mit einem Mann vor dem Haus, in dem ich aufgewachsen war.

»Ja, das ist meine Mutter. Und das soll mein Vater sein?« Ich konnte mich nicht erinnern, dass meine Mutter irgendein Foto dieses Mannes besessen hatte. Auf der Rückseite stand nur ein Datum, das etwa ein Jahr vor meiner Geburt lag und die Ortsangabe *Neuharlingersiel.* »Und nur aufgrund des Fotos hast du mich gefunden?«

Sie nickte. »Ja, es gibt hervorragende Detekteien bei euch in Deutschland. Es hat fast zwei Jahre gedauert, aber jetzt bin ich hier, um meine Nichte kennenzulernen.«

»Wieso kannst du so gut Deutsch?«

»Sean und ich haben vier Jahre in Memmingen gelebt. Bis heute habe ich die Sprache nicht vergessen.«

Ich muss gestehen, dass ich in diesem Moment

ein wenig überrumpelt war. Von jetzt auf gleich hatte ich eine Tante … irgendwie unglaublich. »Aber woher weiß ich, dass du … ich meine …«

»Dass ich wirklich die Schwester deines Vaters bin?« Aus ihrer Tasche zog sie einen großen braunen Umschlag. »Das sind die Unterlagen der Detektivin. Nimm sie mit nach Hause und sieh dir alles in Ruhe an.« Sie strich mir leicht über den Kopf. »Du hast ja jetzt meine Nummer. Ruf mich einfach an.«

Fassungslos sah ich ihr nach, wie sie zurück zum Hotel ging.

2

Annalotta hatte eine Pizza vorbereitet und den Tisch gedeckt, als ich nach Hause kam. Selma und Leevke hatten schon Feierabend gemacht. Mein Sohn lungerte auf dem Küchensofa herum und beschäftigte sich mit seinem Smartphone.

»Mama, du isst ja gar nichts, mmh?« Fragend sah mich meine Tochter an. Dass ich keinen Appetit hatte, kam höchst selten vor. Noch nicht mal die Ankündigung einer saftigen Steuernachzahlung konnte mir meinen guten Hunger verderben.

»Ich habe heute jemanden getroffen, von dem ich keine Ahnung hatte, dass er überhaupt existiert.«

Wilko legte sein Telefon weg und lauschte nun meiner Erzählung über die unverhoffte Begegnung mit Fanny Collins.

»Die ist echt die Schwester unseres Großvaters?« Annalotta war perplex. Meinen Kindern war bekannt, dass ich ohne Vater aufgewachsen war, das war aber auch schon alles. Die Sache mit der schottischen Tante fanden sie allerdings krass, wie Wilko sagte.

Später in meinem Zimmer, ich hatte doch zwei Stücke Pizza gegessen, sichtete ich die Unterlagen der Detektivin, die mir Tante Fanny überlassen hatte.

Fein säuberlich waren der Name meiner Mutter, ihre damalige Arbeitsstelle und unsere damalige Adresse aufgeführt.

Des Weiteren war der Name unseres ehemaligen Hausarztes zu lesen, die genaue Bezeichnung des Kindergartens und der Schule, die ich besucht hatte. Ich musste feststellen, dass die Geburtsdaten meiner Kinder und der Todestag von meines verstorbenen Mannes Gero in den Unterlagen verzeichnet waren. Erst jetzt erfuhr ich das genaue Geburtsdatum meines Vaters und dass sein Nachname Wilkens war.

Dann war Tante Fanny also echt. Daran musste ich mich erst mal gewöhnen. Es war für mich unfassbar, was ein fremder Mensch, in diesem Fall die Detektivin, über mich herausgefunden hatte.

Erst nach einer Tasse Milch mit Honig schlief ich kurz ein und wälzte mich dann doch die ganze Nacht im Bett herum. Dementsprechend gerädert war ich am nächsten Morgen. Daran konnten auch zwei Pötte Kaffee nichts ändern.

Unsere Putzfee Teelse war schon dabei, im Café für Ordnung zu sorgen. Fast liebevoll nahm sie die kleine Windmühle aus Porzellan hoch und entstaubte sie vorsichtig. »Moin Emely, was meinst du, sollten wir nicht mal die Polster der Stühle neu beziehen lassen? Ich habe da jemanden an der Hand ...«

Interesselos sah ich auf die wirklich doch arg verblichenen Polsterbezüge. »Ja, das wäre allerdings bitter nötig. Vielleicht kannst du dich um einen Kostenvoranschlag bemühen«, bat ich sie, »dann kann ich eher abschätzen, was da auf mich zukommt.«

»Das wird nicht so teuer«, behauptete Teelse und polierte eine Fensterbank. »Ich kenne den Polsterer durch meinen Mann.« Sie kam zwei Schritte auf mich zu. »Angeblich soll dieser Handwerker schon in Hannover bei dem Prinzen die Esszimmerstühle bezogen haben. Das hat mir die olle Kiesewetter erzählt, und die hat es aus ihrem Handarbeitsclub.«

Das war unsere Teelse, tratsche gerne und hübschte die jeweiligen Geschichten um einige Details auf, um sie interessanter zu machen.

»Dann bin ich mal gespannt, ob er die Sitzgelegenheiten normaler Leute auch wieder in Ordnung bringt.«

Teelse verzog den Mund und wusste augenscheinlich nicht, ob sie jetzt beleidigt sein sollte.

Das Geschäft lief langsam an. Am späten Vormittag trafen, wie fast jeden Tag, unsere beiden Ordnungshüter ein, um ihren Kaffee bei uns zu trinken. Beide waren Junggesellen und um die vierzig. Während Harm in der Regel mindestens sechs Stück Würfelzucker in seinem Kaffee versenkte, legte sein Kollege Sigi gesteigerten Wert auf sein Äußeres. Niemals würde er ohne makellos geföhnte Frisur und korrekte Kleidung aus dem Haus gehen.

»Moin die Herren.« Ich stellte vor jeden eine Tasse frischen Kaffee hin und setzte mich. »Sagt mal, kennt ihr euch mit der Arbeit einer Detektei aus?«

Harm grinste. »Willst du jetzt ein Büro aufmachen und deine Schnüffelei im großen Stil betreiben?«

»Quatsch«, entgegnete ich. »Ich wollte nur wissen, ob es schwierig ist, eine Person zu finden, über die man kaum Informationen hat.«

»Sowas ist teuer«, meinte Sigi und rieb Daumen und Zeigefinger gegeneinander. »So um die hundert Euro die Stunde kostet der Spaß. Suchst du jemanden?«

»Nein, ich frage nur aus reinem Interesse.«

Harm setzte sich in Positur. »Solche Leute finden alles heraus, sogar die Unterhosengröße des Busfahrers, wenn du willst. Die meisten haben zuverlässige Auskunftsquellen weltweit und kennen jedes Schlupfloch, aus dem sie sich Informationen ziehen können.«

Sigi rümpfte die Nase. »Aber das Ding mit der Unterhose geht erheblich zu weit.«

»Das war doch nur ein Beispiel, wie viel man

über seine Mitmenschen erfahren kann, wenn man eine Detektei beauftragt, du Klugscheißer.«

Harms Telefon klingelte. »Ja?« Er lauschte einen Moment, sprang dann auf und lief in den Flur – Sigi und ich wie selbstverständlich hinterher.

»Wo genau soll das sein?« Harm runzelte die Stirn. »Im Hagebuttenhof …? Ja, klar, wir sind gleich da.«

»Was ist denn los?«, fragte ich ungeduldig nach und war aufs Höchste alarmiert.

»Du weißt doch, Emely, Interna geben wir nicht weiter«, dozierte Sigi und sah Harm an. »Müssen wir los?«

»Harm, was ist?« Ich hielt ihn am Arm fest. Auf keinen Fall wollte ich aufgeben.

»Klaas de Witt ist tot aufgefunden worden«, teilte er mir bereitwillig mit. »Der Notarzt meint, dass da etwas nicht stimmen kann.«

Jetzt wurde es interessant. »Und habe ich das richtig mitbekommen, im Hagebuttenhof? Da ist doch die Tanzschule, oder?«

»Das ist ja ein Zufall«, ertönte eine Stimme hinter meinem Rücken. »Ich hätte nicht gedacht, dass es hier an der deutschen Nordseeküste eine Tanzschule gibt.«

Ich drehte mich um. Vor mir stand Tante Fanny und hielt mir lächelnd ein Päckchen hin.

3

Das Päckchen entpuppte sich als eine Schachtel feinster belgischer Pralinen. Ich saß mit Tante Fanny in meinem Büro und hatte schon drei verschiedene Sorten der süßen Sünde verkostet.

»Du musst entschuldigen, dass ich dich so überfalle, aber ich bin da eher der spontane Mensch.« Ihr Lächeln war entwaffnend ehrlich.

Harm und Sigi hatten nach dem alarmierenden Anruf sofort das Café verlassen. Das war auch der Grund, weshalb ich ihnen keine weiteren Informationen zu dem Vorfall im Hagebuttenhof aus der Nase ziehen konnte.

»Macht doch nichts«, sagte ich und hielt Tante Fanny die Schachtel mit den Pralinen hin. »Ich bin ja froh, wenn ich mit dir Zeit verbringen kann. Immerhin kannst du mir ja etwas über meinen Vater erzählen.«

»Das freut mich wirklich.« Entspannt zurückgelehnt sah sie sich um. »Ihr habt das echt schön hier, so direkt am Meer.« Sie beugte sich nach vorne und fixierte mich. »Im Moment bist du aber mit deinen Gedanken ganz woanders«, behauptete sie. »Deine Freundin Roswitha hat ein wenig geplaudert. Sie hat mir erzählt, dass du mit Leidenschaft Verbrechen aufklärst. Hat das was mit den beiden Jungs in Uniform zu tun?«

»Nein … ja … doch«, stotterte ich. »Dann weißt du ja, dass ich eine Leidenschaft habe. Immer wenn irgendwo etwas passiert, muss ich mich einklinken. Ich frage dann so lange herum, bis ich weiß, was wirklich passiert ist.«

»Und jetzt ist ein Mann in der Tanzschule auf diesem Hof zu Tode gekommen.« Sie grinste. »Guck nicht so verdutzt. Ich habe das mitbekommen, als der Polizist dich informiert hat. Was genau ist der Hagebuttenhof?«

Tante Fanny entging wohl nichts.

»Das ist ein alter ostfriesischer Gulfhof, den zwei Schwestern um- und ausgebaut haben. In dem ehemaligen Kuhstall ist jetzt eine Tanzschule. Dann gibt es noch die beiden Wohnungen der Inhaberinnen und eine Ferienwohnung.«

»Und wieso heißt der Hagebuttenhof?«

»Überall wachsen diese Wildrosen. Im Herbst sind das ja dann Hagebutten, daher hat der Hof schon seit Ewigkeiten seinen Namen.«

»Und wer ist dieser Klaas?«

»Das ist der Dauerverlobte von Arabella, eine der beiden Schwestern. Josefine ist geschieden und wohnt dort mit ihrer sechzehnjährigen Tochter.«

»Und nun ist Klaas tot?«

Ich nickte. »Das ist aber auch alles, was ich darüber weiß.«

»Und jetzt bist du auf dem Sprung, um zu erfahren, was sich auf dem Hagebuttenhof ereignet hat?«

Tante Fanny hatte mich total durchschaut. »So dringend ist es auch nicht, obwohl …«

Sie schnellte hoch und zog an meinem Arm. »Dann lass uns da hinfahren. Ich wollte immer schon mal eine ostfriesische Tanzschule besuchen.«

Das ließ ich mir nicht zweimal sagen. Eilig holte ich meinen Bulli aus der Garage und fuhr in Begleitung von Tante Fanny zum Hagebuttenhof, der ein wenig außerhalb von Neuharlingersiel lag.

Vor dem Haus standen zwei Polizeiautos und ein Leichenwagen. Ich parkte ein wenig abseits, wir stiegen aus und blieben unschlüssig am Wagen stehen.

»Jetzt weiß ich, wie der Hof zu seinem Namen kam«, flüsterte Tante Fanny und zeigte auf die vielen Büsche aus Wildrosen, die dicht gedrängt um das Haus wuchsen. »Und jetzt im Mai stehen sie in voller Blüte. Das sieht wirklich herrlich aus.«

Ein Mann kam gerade aus dem Haus.

»Der Chef persönlich«, murmelte ich und drehte mich ein wenig zur Seite.

»Kennst du ihn?«, murmelte meine Begleiterin mir zu.

»Ja, das ist der Kommissar aus Wittmund. Der mag es überhaupt nicht, wenn man sich irgendwie in seine Sachen einmischt.«

Der Kommissar stieg in einen der Streifenwagen und fuhr in Begleitung eines Kollegen davon.

»Und die beiden Damen aus der Tanzschule?«, wollte Tante Fanny wissen. »Sind das Freundinnen von dir?«

»Also, nicht direkt Freundinnen. Josefine kommt öfter ins Café. Arabella treffe ich nicht so häufig. Wir sehen jetzt einfach mal nach, was da drin los ist«, teilte ich ihr entschlossen mit und ging zielstrebig auf das Haus zu.

»Mama ist in der Stube«, teilte mir Josefines Tochter Henriette mit. Sie saß auf einer der Stufen am Eingang und blätterte in einem Modemagazin. »Geht ruhig rein. Sie wird froh sein, sich mit jemandem unterhalten zu können.«

»Wir gehen dann mal nachsehen.« Tante Fanny und ich betraten den großen Flur. Eine breite Holztreppe führte in den ersten Stock. Eine der Wohnungstüren im Erdgeschoss stand offen. Ich klopfte an den Türrahmen. »Josefine, bist du da drin?«

»Hier bin ich«, rief sie, »in der Küche.«

Sie stand am Herd und überbrühte gerade Tee in einer Kanne. »Ach Emely, du bist es. Hier ist was los … schrecklich.«

Sie sah Tante Fanny an.

»Moin Josefine, das ist eine Tante von mir.«

»Mein Name ist Fanny Collins. Ich bin gerade zu Besuch bei Emely.«

Ich nickte bestätigend. »Und eben haben wir mitbekommen, dass Klaas heute Morgen …«

Josefine van Allen reichte Fanny die Hand. »Schön, Sie kennenzulernen. Setzt euch doch.« Sie deutete auf das rot-weiß gestreifte Küchensofa. »Ich habe gerade Tee gemacht. Gesellschaft ist jetzt genau das Richtige in dieser Situation.«

»Wo ist denn Arabella?«, wollte ich wissen und schob unauffällig den Küchentisch etwas weiter vom Sofa weg, damit ich durchgehen konnte.

»Der Arzt hat ihr was gegeben, jetzt schläft sie hoffentlich.«

Josefine servierte uns Tee mit Kluntje, stellte eine Schachtel mit Butterkeksen auf den Tisch und setzte sich schließlich zu uns.

Nur mit Mühe konnte ich meine Neugier verbergen. »Was ist denn genau passiert?«

»Arabella kam in meine Wohnung und hat mich gefragt, ob ich wüsste, wo Klaas sei. Er wäre schon seit fast zwei Stunden unauffindbar. Ich habe sie gefragt, wo sie ihn zuletzt gesehen hätte. Sie sagte, er wollte zuerst nach dem Zaun hinten im Garten sehen und dann in den Keller gehen, um ein Glas von den eingelegten Pfirsichen zum Mittagessen zu holen, aber das wäre schon vor Stunden gewesen.«

»Und dann hat Arabella ihn gefunden?«

Josefine schüttelte den Kopf. »Meine Schwester und ich gehen nie da runter. Das ist viel zu gefährlich … Die Treppe ist aber auch schmal und alles ist so dunkel da unten. Das kleine Fenster bringt auch nicht viel Licht rein. Aber zuerst haben wir auf dem Grundstück nach ihm gesucht und dann wollten wir im Keller nachsehen. Wir haben oben von der Kellertür aus gerufen … nichts. Ich habe mich aber dann erbarmt, nachzusehen. Es dauerte eine Weile, bis ich kapiert hatte, was geschehen war. Er lag am Fuß der Kellertreppe. Wir haben dann sofort den Notarzt gerufen, nachdem ich ihn gefunden hatte.«

»Dann war es ein Unfall?«

Josefine zuckte mit den Schultern. »Hab ich auch erst gedacht, aber plötzlich war die Polizei hier und jetzt sehen wir das ganze Dilemma.«

»Das ist allerdings nicht schön«, sagte ich. »Hoffentlich erfahrt ihr bald, wie es dazu kommen konnte.«

»Ich denke aber doch, dass es ein Unfall war«, mutmaßte Josefine und goss uns eine weitere Tasse Tee ein. »Wir müssen jetzt sehen, wie es hier ohne Klaas weitergeht.«

»Leben Sie schon lange hier auf dem Hof?« Mit Genuss trank Tante Fanny den starken, mit Sahne verfeinerten Tee. »Meine Nichte sagt, Sie betreiben eine Tanzschule? Ich habe früher in Schottland mit meinem Mann auch ein derartiges Unternehmen geführt.«

»In Schottland?« Josefine riss die Augen auf. »Das ist ja toll.« Sie sah zum Fenster und machte eine umfassende Bewegung. »Wir sind hier in der Provinz gelandet. Eigentlich kommen Arabella und ich aus Bremen.«

»Und wie sind Sie hier gelandet?«

Josefine überlegte kurz. »Das war so … Arabella hat Klaas während einer Kur an der Ostsee kennengelernt und ihn später oft in seinem Haus hier in der Nachbarschaft besucht. Bei einem der Besuche hat sie das Schild entdeckt, dass der Hagebuttenhof zum Verkauf steht. Sie rief mich an und ich war sofort begeistert. Der Kuhstall war schon so weit ausgebaut und die Idee mit der Tanzschule war eigentlich das Naheliegende.«

»Wieso war das naheliegend?«, wollte ich wissen.

Tante Fanny genoss bereits die dritte Tasse Tee und schien sich in der heimeligen Küche des alten Hauses wohlzufühlen.

»Es ist so … Arabella hat Tanz und Tanzpädagogik studiert. Sich selbstständig zu machen, war immer ihr Traum. Und den konnte sie hier auf dem Hof verwirklichen. Klaas hat die meiste Zeit bei ihr gewohnt, aber sein Haus und das große Grundstück behalten. Das Haus soll ja sehr geräumig sein und unter Denkmalschutz stehen. Ich war ja noch nie dort. Ich weiß das nur aus Arabellas Erzählungen.« Sie kicherte jetzt ein wenig. »Ich weiß, dass meine Schwester immer darauf gewartet hat, dass Klaas ihr einen Heiratsantrag macht, aber er war ein großer Gegner der Ehe. Eines Tages hatte sie ihn aber so weit, dass er sich darauf eingelassen hat, sich mit meiner Schwester zu verloben. Mehr war für ihn nicht drin. Er hat immer behauptet, die Ehe wäre ein Gefängnis an der frischen Luft.«

Vorsichtig stellte Tante Fanny ihre Tasse ab. »Und Sie haben sich dann auch fürs Landleben entschieden?«

»Na ja … ich bin dann zu Anfang von Bremen immer hierher gependelt und habe Arabellas Buchhaltung gemacht. Meine Tochter wurde geboren. Als sie klein war, konnte ich sie immer mit nach Ostfriesland nehmen, aber dann kam der Zeitpunkt, dass Henriette zur Schule musste. Mein Mann, müssen Sie wissen, war immer so … ein Fernsehfuzzi eben. Dauernd unterwegs mit wechselnden Affären. Jedenfalls habe ich die Scheidung eingereicht und bin endgültig mit meiner Tochter hierhergezogen. Und nun fängt er an, sich mit mir wegen des Sorgerechts zu streiten, aber …«

»Hast du noch eine Kopfschmerztablette?«

Wir sahen alle zur geöffneten Tür, wo eine sichtlich aufgewühlte Arabella stand und ihre Schläfen massierte.

4

Josefine führte ihre Schwester in die angrenzende Wohnstube, bettete sie auf das Sofa und reichte ihr eine Kopfschmerztablette.

»Warte, ich hole dir ein Glas Wasser«, nuschelte sie und lief zurück in die Küche.

Fanny und ich hatten die Küche verlassen und standen im Flur. »Josefine, es ist besser, wir gehen jetzt«, sagte ich. »Du musst dich jetzt um deine Schwester kümmern.« Tante Fanny nickte zustimmend.

»Vielleicht könnt ihr in der nächsten Zeit noch mal vorbeikommen?« Sie umklammerte mit beiden Händen das Glas Wasser. »Mir würde es helfen, wenn ich mit jemandem reden kann – und außerdem Schottland … ich wollte immer schon mal dahin … aber erst … ich muss nach Arabella sehen.«

Josefine eilte in die Stube und wir verließen das Haus.

»Das ist aber traurig«, meinte Tante Fanny auf der Rückfahrt. »Diese Arabella muss ihren Verlobten sehr geliebt haben.«

»Wie kommst du darauf?«

»Schließlich wollte sie ihn sogar heiraten, so sehr hat sie ihn geliebt, aber er wollte aus Prinzip nicht. Ich finde das sehr tragisch.«

Ich hielt vor meiner Garage. »Eigentlich ist es doch egal, ob man verheiratet ist oder nicht. Auch Eheleute tragen heutzutage oft nicht den gleichen Nachnamen.«

»Manchen Frauen ist es wichtig, verheiratet zu sein«, wandte Tante Fanny ein, »besonders wenn man ein bisschen älter ist.«

»Ja, das soll es geben.« Ich ließ den Bulli vor der Garage stehen. »Hast du noch Zeit? Du könntest meine Kinder kennenlernen.«

»Die Idee ist brillant«, freute sich meine schottische Tante und folgte mir in unsere Wohnung.

Annalotta stand in der Küche und schob gerade eine große Lasagne in den Backofen. »Mama, Horst und Netti kommen gleich rüber …« Sie blickte zu Fanny.

»Das ist die Schwester eures Großvaters«, klärte ich meine Tochter und meinen Sohn, der gerade die Küche betreten hatte, auf. »Wir waren den ganzen Nachmittag unterwegs und da trifft es sich doch gut, dass wir alle heute hier sind.«

»Ich freue mich, endlich Emelys Kinder kennenzulernen«, lächelte Fanny und drückte beide herzlich an sich.

Meine Tante und meine Kinder begannen sofort ein intensives Gespräch, es war so, als ob sie sich schon länger kennen würden. Auch Horst und Netti, die zehn Minuten später eintrafen, hatten sofort einen guten Draht zu meiner Tante. Während die Lasagne im Ofen garte, erzählte Fanny noch einmal die Geschichte, die sich nach dem Tod ihres Bruders ereignet hatte.

»Und die Detektei hat Mama ausfindig gemacht?« Wilko schüttelte nur den Kopf. »Da spricht man immer von Datenschutz, aber ich glaube, wer die Schlupflöcher kennt, wird schnell fündig.«

»Ich hoffe, meine Detektei hat sich an die Regeln gehalten, und wenn nicht, ist es mir auch schnurz«, schmunzelte Tante Fanny, hob ihr Rotweinglas und lächelte uns alle der Reihe nach an. »Ich bin nämlich sehr froh, euch gefunden zu haben.«

Meine Tochter hatte sich wieder einmal selbst übertroffen. Die Lasagne schmeckte herrlich und das Tiramisu zum Nachtisch ergänzte diese köstliche Mahlzeit.

Die Kinder erzählten im Laufe des Abends von ihrem Schulalltag und Freunden. Netti ließ noch mal die Entstehung des Café Kluntje Revue passieren. Horst meinte, dass er sich damals, nach der Heirat mit meiner Schwiegermutter, liebevoll in unsere Familie aufgenommen gefühlt hatte.

Es war schon spät, als meine Freundin und Nachbarin Elaine an der Tür klingelte. In Wirklichkeit hieß sie Else Vogt-Holland, bevorzugte aber diesen französisch klingenden Vornamen, da dieser von einer gewissen Weltoffenheit zeugen würde.

Sie war so alt wie ich und suchte schon seit Jahren nach dem richtigen Lebenspartner. Meiner Meinung nach hatte sie viel zu hohe Ansprüche an das männliche Geschlecht. Ein Partner mit den von ihr gewünschten Eigenschaften existierte sicherlich nur in irgendwelchen Liebesromanzen im Kino. Wahrscheinlich, um auf sich aufmerksam zu machen, trug sie stets bunte Kleider und wallende Röcke, die im Wind flatterten.

Sie stürmte nun herein, pflanzte sich auf einen der Stühle und polterte direkt los, dass die heutige Männerwelt scheiße, sei. Erschrocken nahm sie Fanny wahr, die aus vollem Hals lachte.

»Ich gebe Ihnen recht«, sagte sie zu Elaine gewandt, »aber bedenken Sie, dass dies alles Ansichtssache ist.«

»Sorry, ich wollte nicht …« Schuldbewusst sah sie mich an.

»Elaine, das ist meine Tante, die Schwester meines Vaters. Fanny Collins.«

Sie reichte Fanny die Hand. »Wenn ich gewusst hätte, dass ihr hier alle …«

Annalotta hatte schon einen Teller mit Lasagne vor Elaine abgestellt. Wilko stellte ein Glas Rotwein daneben.

Es wurde ein feuchtfröhlicher Abend. Tante

Fanny erzählte uns ein paar Anekdoten, die sich in ihrer Tanzschule ereignet hatten und von ihrem jahrelangen Aufenthalt in Schwaben.

Netti lud Fanny ein, an einem Kaffeeklatsch der Teeschwestern teilzunehmen. Dies würde dem ganzen Treffen der Damen etwas Glanz verleihen.

Ich hatte mich schon lange nicht mehr so wohl gefühlt. Durch das Auftauchen der Schwester meines leiblichen Vaters hatte sich ein Kreis geschlossen und das dunkle Loch in meiner Biografie etwas erhellt.

5

Der Tod von Arabellas Verlobten füllte die Titelseite der Tageszeitung. Man mutmaßte über dunkle Machenschaften und spekulierte über die Gründe, wie der im Ort bekannte Mann zu Tode gekommen war.

Im Grunde genommen wusste niemand irgendetwas, außer der Polizei, die den ganzen Sachverhalt aus nächster Nähe begutachtet hatte, sich aber mit Mitteilungen über Fakten bedeckt hielt. Um mehr zu erfahren, rief ich bei Bertus an. Er war ein Freund der Familie, Ex-Kommissar und gelernter Konditor, der zu meiner Freude immer noch Kontakt zu seinen ehemaligen Kollegen in Wittmund hatte.

»Ich wusste, dass du heute Morgen anrufst«, bölkte er ins Telefon, um die Hintergrundgeräusche zu übertönen.

»Es ist so laut bei dir. Ich verstehe dich kaum.«

»... an der Tankstelle ... warte, ich setze mich ins Auto ...«

Er brüllte etwas, eine Tür knallte zu. »So, jetzt ist es leiser ...« Er räusperte sich. »Heute Morgen habe ich schon mit Kurt gesprochen ... weißt du ja, mein ehemaliger Kollege … Er sagte, man vermutet, dass jemand für den Sturz auf der Kellertreppe verantwortlich ist.«

»Also kein Unfall?«

»Sieht nicht so aus. Der herbeigerufene Notarzt ist stutzig geworden, weil an beiden unteren Schienbeinen des Toten leichte Abschürfungen zu sehen waren.«

»Wieso ist ihm das denn überhaupt aufgefallen?«

»Wenn ich das wüsste, aber Kurt hat mir versprochen, sich gleich nach der Obduktion bei mir zu melden. Dann kann ich dir mehr sagen.«

»Vielleicht hatte er sich vorher irgendwo verletzt?«, mutmaßte ich.

»Kann sein, aber warten wir es ab.« Bertus werkelte ein wenig mit irgendetwas in seinem Auto herum. »Der blöde Gurt … ich melde mich.«

Das ist ja nicht viel, grübelte ich und überlegte, wie ich weiter vorgehen sollte.

Harm und Sigi saßen bereits an ihrem Tisch am Fenster, als ich reinkam, und tranken ihren Kaffee, den ihnen Leevke serviert hatte.

»Moin, ihr zwei«, begrüßte ich sie und setzte mich zu den beiden Ordnungshütern. »Habt ihr schon rausbekommen, was genau auf dem Hagebuttenhof passiert ist?«

Sigi zuckte mit den Schultern und tat so, als ob er keine Ahnung hätte.

Ich sah Harm an. »Das kann nicht sein, dass ihr nix wisst!«

»Irgend so ein Idiot«, stöhnte dieser, »hat wieder lauter dummes Zeug an die Zeitung durchgestochen.«

»Wieso dummes Zeug?«

»Ich meine das mit den dunklen Machenschaften.« Er tippte sich an die Stirn. »Als ob es eine ostfriesische Mafia gäbe.«

»Aber etwas ist mysteriös an der Sache, oder?«, argwöhnte ich.

Harm zuckte nur wortlos mit den Schultern und stierte auf sein Smartphone. Dann eben nicht, schmollte ich innerlich und verzog mich.

Am Nachmittag kam Tante Fanny rechtzeitig zum Treffen mit den Teeschwestern. Ich geleitete sie an den Tisch der Damen. Netti stellte sie ihren Freundinnen vor. Als Erste wollte Franziska wissen, ob die Schotten wirklich nichts unter ihren Röcken anhätten. »Die erfrieren ja ihre Klöten und dann ist es mit dem Nachwuchs nämlich Essig.«

Hedwig lief puterrot an. »Ich denke, hier in einem öffentlichen Café sollten wir nicht über solche anatomischen Dinge reden.«

Nur mit Mühe konnten Netti und Tante Fanny ihr Lachen unterdrücken. Franziska nickte zur Bestätigung ihrer These mehrmals mit dem Kopf, während Tabea ratlos von der einen zur anderen sah.

Ich nahm die Bestellung der Damen auf und

brachte das Gewünschte. Netti hatte das Gespräch inzwischen auf das unverfängliche Thema Urlaub gelenkt und Fanny das familiäre Du angeboten. Der Vorfall im Hagebuttenhof schien zu meiner Verwunderung kein Thema zu sein.

»Sach mal, Emely«, sagte meine Schwiegermutter, »kannst du Fanny noch eines von Selmas berühmten Ananastörtchen bringen? Die sind ja inzwischen legendär.«

»Kein Problem, kommt sofort.«

Ich orderte bei Selma in der Küche das Gewünschte.

»Da hast du aber Glück«, meinte sie, »ich habe nur noch zwei Stück.«

»Das reicht doch.« Den Teller mit den Törtchen stellte ich auf dem Küchentisch ab.

»Die beiden Schwestern von Hagebuttenhof, kennst du sie näher?«

Die Kuchenbäckerin nickte. »Ich kenne Josefine und Arabella aus dem Chor. Das sind zwei richtige Zicken.«

»Wieso?«

»Einmal haben sie nach einer Probe derart gestritten, dass wir dazwischengehen mussten. Josefine hat Arabella zum wiederholten Mal angemeckert, dass sie bei ihrem Verlobten Klaas nicht so einen Druck wegen der Heirat aufbauen soll. Arabella hatte wohl nix anderes in Kopp. Josefine sagte, sie solle froh wegen der Verlobung sein.«

»Immerhin etwas«, meinte ich, »Verlobung ist ja auch so eine Art Versprechen.«

Selma pustete ein paar Strähnen aus dem Gesicht, während sie einen Teigklumpen bearbeitete, als wäre er ihr größter Feind. »Was heißt denn schon Verlobung?«, grinste sie. »Das wäre genauso, als wenn dir jemand ein Stück Sahnetorte hinstellt und sagt, dass du auf keinen Fall reinbeißen sollst.«

»Ja, so kann man das auch sehen.« Der Vergleich hinkte zwar etwas, aber beschrieb die Situation sehr treffend.

»Du musst unbedingt mit Fanny nach Spiekeroog fahren«, ordnete Netti an, als ich die beiden Ananastörtchen auf den Tisch der Teeschwestern stellte.

»Ja, das machen wir, oder Emely?« Meine schottische Tante strahlte mich an.

»Auf alle Fälle, aber vielleicht können wir mit einem Strandspaziergang beginnen?«, schlug ich vor.

»Unbedingt«, freute sich Tante Fanny. »Gleich nachher?«

Ich nickte. Zügig erledigte ich meine Arbeit und schon zwei Stunden später spazierte ich mit der Schwester meines Vaters zum Strand.

»Ach Emely, ich bin heute noch dankbar, dass Christopher die Fotos und die paar Notizen aufgehoben hat.« Sie drückte liebevoll meinen Arm.

»Niemals hätte ich sonst von deiner Existenz erfahren.«

Erfreut nickte ich. »Ich glaube, meine Mutter hätte das sicherlich auch gefallen. Ich denke, sie war unglücklich mit der Tatsache, eine ledige Mutter zu sein.«

Fanny stimmte mir zu. »Damals haben die Leute mit Fingern auf schwangere unverheiratete Frauen gezeigt. Heute ist das ja anders, aber vor fünfzig Jahren war es ein enormer Makel.« Sie strich mir über den Kopf. »Nimm es deinem Vater nicht übel, er hat es nicht besser gekonnt.«

Sie erzählte mir von der gemeinsamen Kindheit, Christophers Weigerung, Verantwortung zu übernehmen und von ihrem Eheglück mit dem schottischen Tanzlehrer.

Es war schon spät, als ich sie an der Tür des Hotels verabschiedete. »Schlaf gut, Tante Fanny, du musst mir noch ganz viel über meinen Vater erzählen.«

»Das mache ich gerne. Aber jetzt ruft mein Bett.«

Gedankenvoll schlenderte ich nach Hause. Gerade hatte ich die Wohnungstür aufgeschlossen, als mein Smartphone klingelte. Es war Bertus.

»Emely, die waren von der schnellen Truppe. Das Ergebnis ist da.«

»So schnell?«

»Es ist so … Das Opfer hatte an beiden Händen

diverse Brüche sowie einen Schädelbruch. Der Genickbruch war schließlich unmittelbar tödlich. Er war auf der Stelle tot.«

»Und wieso ist er gestürzt?«

Bertus räusperte sich, hantierte mit irgendwelchen Papieren. »Ähm ... ja, die Abschürfungen an den unteren Schienbeinen rührten wohl durch den straffen Kontakt mit einem groben Seil.«

»Wieso ist das dem Notarzt überhaupt aufgefallen?«

»Genau weiß ich es nicht, aber Kurt vermutet, weil der Tote kurze Hosen trug. Die Abschürfungen waren nicht zu übersehen, deshalb wurde der Notarzt stutzig.«

»Im Winter wäre es ihm vermutlich nicht aufgefallen«, überlegte ich. »Und was gibt es noch?«

»Man fand winzige Partikel von Hanf in den Schürfwunden und vermutet nun, dass ein Hanfseil über die Kellertreppe gespannt war, damit das Opfer das Gleichgewicht verliert. Leider wurden bisher keine entsprechenden Spuren einer eventuellen Befestigung an den Wänden der Kellertreppe gefunden. Die dortigen Wände sind mit Furchen, Spalten und Löchern übersät.«

»Das kann ich mir gut vorstellen«, entgegnete ich, »Der Gulfhof ist immerhin dreihundert Jahre alt.«

»Ja, das erschwert die Suche nach Verankerungsmöglichkeiten ungemein.«

»Das war erst mal alles?«

»Ja, wenn noch was kommt, informiere ich dich.«

»Danke, dass du an mich gedacht hast.«

»Da nich für … Ach so, wusstest du, dass dieser Klaas de Witt verheiratet war?«

Das war allerdings eine Überraschung. »Deshalb hat er sich so vehement gegen eine Ehe mit Arabella gewehrt.«

Sofort schoss mir der Gedanke durch den Kopf, ob Arabella das herausgefunden und sich gerächt hatte. Die Tanzlehrerin belegte jetzt den ersten Platz auf meiner gedanklichen Verdächtigenliste.

6

»Weißt du, Emely«, meinte Tante Fanny am nächsten Morgen, »was da in dem Hagebuttenhof geschehen ist, finde ich total aufregend. Ich hoffe, du wirst in dieser Angelegenheit weiterhin tätig werden.«

Schon früh am Morgen war sie bei uns aufgetaucht. »Das ging mir die ganze Nacht durch den Kopf.«

»Du meinst den Mord an Arabellas Verlobten?« Meine leere Kaffeetasse stellte ich auf der Spüle ab und goss mir ein Glas Wasser ein.

»Genau das meine ich. Endlich mal erlebe ich so etwas hautnah mit.« Sie schmunzelte. »Ich bin ein großer Fan von Agatha Christie, musst du wissen. Ich glaube, ich habe nahezu alle Bücher dieser Autorin verschlungen. Am besten gefällt mir ja der kleine Belgier mit seinen kleinen grauen Zellen.«

»Meinst du Hercule Poirot?« Ich war erstaunt, das hätte ich Tante Fanny gar nicht zugetraut. Eigentlich bevorzugte ich persönlich ja Miss Marple, aber Hauptsache, es wurde möglichst spannend ermittelt.

»Ja, genau den. Und jetzt kannst du dir ja

vorstellen, dass ich total wissbegierig bin, wie du es anstellst, den Leuten die nötigen Informationen aus der Nase zu ziehen.«

Vielleicht, so fragte ich mich sofort, lag ja dieses Herumschnüffeln in der Familie meines Vaters?

»Ich hatte mir überlegt, ob es nicht sinnvoll wäre, Arabella zu besuchen. Sie wird schließlich einige wichtige Dinge über ihren Verlobten wissen, der, wie ich gestern erfahren habe, immer noch verheiratet ist.«

»Und das hat er der holden Braut verschwiegen?«

»Genau das will ich ja herausbekommen.«

»Wenn es dir nichts ausmacht, würde ich dich gerne begleiten.« Sie kicherte. »Ich habe mir auch schon überlegt, wie ich meine Anwesenheit erkläre. Ich kann ja sagen, dass ich mich für die Tanzschule interessiere, was noch nicht einmal gelogen ist.«

Das war mir sehr recht. Vier Ohren hörten mehr als zwei. Wir verabredeten uns für den Nachmittag.

Selma stellte mir am Vormittag ein neues Kuchenrezept vor, Apfelkuchen mit Calvados. Teelse bat um eine Woche Urlaub, den ich ihr selbstverständlich gewährte. Sie wollte ihre Cousine in Bayern besuchen. Bei aller Schwatzhaftigkeit war sie einer der zuverlässigsten Menschen, die ich kannte.

Die Teeschwestern ließen ihren Termin zum

Klönschnack im Café ausfallen und fuhren stattdessen zu einem Einkaufsbummel nach Oldenburg.

Am späteren Nachmittag fuhren Tante Fanny und ich zum Hagebuttenhof. Arabella stand vor dem Haus und war gerade dabei, zwei verwelkte Rosenblüten abzuschneiden.

»Moin Arabella«, begrüßte ich sie und schob Fanny ein wenig nach vorne. »Das ist meine Tante aus Schottland. Wir waren vor ein paar Tagen schon mal bei Josefine, als es dir nicht so gut ging.«

Tante Fanny reichte Arabella die Hand. »Mein Beileid.«

Die Tanzschulbetreiberin nickte. »Danke.« Die Schere steckte sie in ihre Tasche.

»Meine Tante würde sich gerne mal deine Tanzschule ansehen, wenn es dir nichts ausmacht. Aber wenn wir ungelegen …«

»Nein, nein, ich freue mich über jede Abwechslung«, entgegnete Arabella.

»Das wäre wirklich nett«, bedankte sich Tante Fanny, »ich war in der gleichen Branche tätig.«

Arabella strahlte. »Dann kommt mal mit.« Sie führte uns in den rückwärtigen Teil des Gebäudes. In dem langgestreckten Flur hingen mehrere Fotos, meistens in Schwarz-Weiß. Ein Bild fiel mir sofort ins Auge. Arabella und Klaas vor der Haustür des Gulfhofs. Sie hatte ihren Kopf ein wenig geneigt und an seine Schulter gelehnt. Ihr Lächeln konnte man gut und gerne mit hundertprozentiger Glückseligkeit beschreiben, während er sehr ernst dreinblickte.

»Ich liebe diese Fotos«, erzählte Arabella, als sie meinen Blick bemerkt hatte. »Das sind meistens Freunde und Bekannte.«

In dem ehemaligen Kuhstall befand sich nun ein großzügiger Tanzsaal. An der Decke waren verschiedene Spots angebracht, die ein warmweißes Licht verbreiteten. »Wir können das Licht auch dimmen«, führte uns Arabella vor, indem sie den Schalter etwas drehte. »Je nach Stimmung und Art des Tanzkurses.«

Tante Fanny klatschte vor Begeisterung in die Hände und lief mit ein paar angedeuteten Tanzschritten durch den Saal. »Das ist ja herrlich.« Sie drehte sich zu Arabella um. »Welches ist Ihr Lieblingstanz?«

»Immer noch Tango«, kam es wie aus der Pistole geschossen. »Es war auch Klaas' Lieblingstanz, weil ...« Sie stockte. »Aber nächste Woche beginne ich mit einem Blueskurs. Ich habe extra noch jemanden engagiert. Blues liegt mir nicht so.«

»Blues ...«, schwärmte Tante Fanny und machte ein paar weitere Tanzschritte. »Wenn mein Mann und ich damit angefangen hatten ... es ist ein sehr sinnlicher und romantischer Tanz.«

Ich schwieg lieber zu diesem Thema, denn ich hatte so viel Ahnung vom Tanzen, wie eine Kuh von Buchhaltung.

Die beiden Frauen liefen noch eine Weile durch den großen Raum und diskutierten über den Sinn und Zweck einer solchen Einrichtung und tauschten Erfahrungen aus.

»Ich glaube, wir haben uns jetzt eine Erfrischung verdient«, verkündete Arabella und führte uns zu einer Terrasse an der Seite des Hauses. Sie bat uns Platz zu nehmen, eilte in die Küche und kam mit einem Tablett mit Gläsern und einer Karaffe mit Limonade zurück. »Ich hoffe, Rhabarber ist okay?«

Wir nickten und leerten das erste Glas in einem Zug.

»Danke, dass du uns alles gezeigt hast«, sagte ich. »Im Moment ist es ja nicht gerade leicht für euch.«

Arabella lehnte sich zurück und legte ihre Hände aneinander. »Ich weiß jetzt auch nicht, wie es hier weitergeht. Klaas hat sich hier auf dem Hof immer um alles rund um das Haus gekümmert.«

»Hatte er vor, sein eigenes Haus auch in Zukunft zu behalten?«, fragte ich nach.

»Das weiß ich nicht. Wir haben auch darüber nur am Rande gesprochen.« Arabella seufzte. »Manchmal zog er sich dahin zurück, aber die meiste Zeit hat er hier bei mir gewohnt.« Sie sah

Tante Fanny an. »Wir waren verlobt, müssen Sie wissen.«

»Die Verlobungszeit ist eine sehr romantische Zeit«, sagte Tante Fanny. »Wollten Sie jetzt bald heiraten?«

»Nein, das war ein ewiges Streitthema. Klaas wollte einfach nicht. Er sagte immer, die Ehe würde total überbewertet und sei längst überholt.«

Sie hatte also keine Ahnung, dass er schon verheiratet war, folgerte ich daraus, oder tat sie nur so ahnungslos?

»Man kann auch ohne Trauschein glücklich sein«, meinte Tante Fanny und strich Arabella leicht über den Arm. »Welchen Beruf hatte ihr Bräutigam?«

»Klaas war Architekt, war aber schon ein paar Jahre im Ruhestand.« Das Gesicht der Tanzlehrerin wurde ernst. »Jetzt fällt mir auf, dass ich nie jemanden aus Klaas' Familie kennengelernt habe. Ich weiß noch nicht mal, ob er Geschwister hat. Er konnte sehr maulfaul sein, wenn ich das mal so salopp sagen darf.«

»Entschuldigen Sie bitte, ich habe vorne geklingelt, aber es hat niemand aufgemacht.« Der Mann, der plötzlich auf der Terrasse stand, war groß und sehr hager.

»Mein Name ist Kai-Uwe Heikens. Wir hatten heute Morgen telefoniert.«

Arabella war aufgesprungen. »Sie sind der neue

Tanzlehrer?« Sie reichte ihm die Hand. »Ich bin Arabella Knipp. Das freut mich aber, dass Sie so schnell kommen konnten.«

Sie drehte sich zu uns um. »Entschuldigt bitte, aber ich möchte Herrn Heikens gerne die Räumlichkeiten zeigen.«

»Das ist kein Problem«, beeilte ich mich zu sagen. »Wir müssen sowieso los.«

»Das ist nett«, murmelte Arabella und dirigierte ihren neuen Mitarbeiter Richtung Haus.

Wir verabschiedeten uns und fuhren zu Tante Fannys Hotel.

Roswitha de Vries, meine langjährige Freundin und Hausdame im Hotel Deichhuske, kam auf uns zu, als ich auf den hoteleigenen Parkplatz fuhr. Tante Fanny stieß mich an. »Die ist ja noch dürrer als dieser Tanzlehrer.«

»Ja, sie friert sogar im Hochsommer. Das Problem habe ich nicht.«

»Moin Frau Collins, moin Emely«, begrüßte uns Roswitha, als wir aus dem Auto gestiegen waren. »Netti hat dich gesucht. Du warst auf deinem Handy nicht erreichbar.«

»Mist, der Akku ist leer«, sagte ich nach einem kurzen Blick auf mein Smartphone. »Was will sie denn?«

»Ihr Mann ist gestürzt.«

»Ojemine... Schlimm?«

Roswitha zuckte mit den Schultern. »Weiß ich

nicht, aber sie klang sehr aufgeregt.«

»Dann will ich mal schnell …«, meinte ich und machte mich schleunigst auf den Weg zu Netti und Horst.

7

»Dieser Mann ist eine Strafe«, stöhnte Netti, sah zur Decke und rang verzweifelt ihre Hände. »Wie oft habe ich zu ihm gesagt, wenn er auf die Leiter steigt, soll er feste Schuhe anziehen.«

Wir standen im Wohnzimmer des Ehepaars Sundermann. Horst lag mit einem dicken Verband um den Knöchel auf dem heimischen Sofa und hörte sich ungerührt die Gardinenpredigt seiner Gattin an.

Mit einer heftigen Bewegung rückte sie ein Kissen in einem der Sessel zurecht. »Entschuldige Emely, dass ich dich so aufgeregt habe, aber in meiner Not habe ich Roswitha angerufen.«

»Da sieht man mal wieder, wie unbeholfen die Frauen sind«, klang es vom Sofa her. »Sie hätte gleich ein Taxi rufen können, das uns zu unserem Hausarzt bringt.«

»Haben wir ja auch gemacht«, meinte sie jetzt ein wenig ruhiger. »Der Doktor musste erst eine Patientin auf dem Campingplatz versorgen und ...«

»Papperlapapp«, schimpfte Horst weiter, »das

ist doch jetzt nicht mehr wichtig.« Er schob seine Hände hinter seinen Rücken und drückte sich ein wenig nach oben. »Hunger hätte ich auch, nach alle der Aufregung. Was gibt es denn?«

»Was ist denn passiert?«, schaltete ich mich in das Zwiegespräch der beiden ein.

»Der Dösbaddel wollte die Dachpappe vom Schuppen festmachen. Gestern war doch so ein starker Seewind.« Nettis Gesicht war jetzt noch ganz rot vor Aufregung. »Mit Hausschuhen ist er auf die Leiter. Kann sich das ein Mensch vorstellen?« Sie tippte sich an die Stirn. »Oller Sturkopp.« Sie bedachte ihren Mann mit einem bitterbösen Blick.

»So, wir gehen jetzt mal in die Küche und da machst du deinem Mann was zu essen.« Ich hakte sie unter. »Ich wollte dich sowieso mal was fragen.«

»Meinetwegen«, gab meine Schwiegermutter nach und schritt hocherhobenen Hauptes aus dem Zimmer.

In der Küche nahm sie einen Topf und stellte ihn mit etwas Wasser auf den Herd. »Der bekommt jetzt Nudeln, obwohl er als Ostfriese auf Salzkartoffeln steht, aber etwas Rache muss schon sein.«

Ich hatte mich derweil an den Küchentisch gesetzt. »Du kennst doch auch die Schwestern vom Hagebuttenhof, oder?«

Netti zögerte einen Moment. »Josefine habe ich mal auf einer Veranstaltung kennengelernt. Sie wohnt ja noch nicht so lange fest in Ostfriesland. Arabella ... das ist doch die Balletttänzerin mit der Tanzschule?«

Sie nahm eine Packung Nudeln aus dem Vorratsschrank und stellte den Salzstreuer neben den Topf.

»Ja, das ist sie«, bestätigte ich. »Arabella wohnt schon länger hier. Josefine ist später dazugekommen. Kanntest du auch den Verlobten von ihr?«

Sie drehte sich um. »Das ist doch der, der das Zeitliche gesegnet hat. So ein Unglück aber auch ... Die Kellertreppen in den alten Häusern sind gefährlich. Krumm und schief ist da alles und dabei ist es meistens noch stockdunkel.«

»Hast du dich schon mal mit ihm unterhalten?«

Ich selbst war dem Mann nie begegnet. Selma hatte mir erzählt, dass er sehr zurückgezogen bei den Schwestern oder in seinem Haus gelebt habe. Dann war er sicher einer der Menschen, die lange an einem Ort leben, ohne mit seinen Mitmenschen groß in Kontakt zu treten. Sie fallen nie auf, sind sehr still und gehören keinem Verein an. Sie sind fast unsichtbar und hinterlassen in der Gesellschaft keine große Lücke.

»Ja, jetzt, wo du es sagst. Das hatte ich ja total vergessen.« Netti hatte sich zu mir gesetzt. »Es ist schon länger her. Ich war mit dem Rad unterwegs.

Meine Freundin Hiltrud ... kennst du die doch noch? Sie und ihr Mann hatten in einem bäuerlichen Betrieb, etwas außerhalb gewohnt. Dann ist ihr Mann gestorben, weil er vom Dach gefallen war. Deshalb regt mich das mit Horst so auf, aber Männern kannst du ja alles an den Kopf tackern, die behalten sich nix. Ich sach ja ...«

»Also kennst du ... oder besser gesagt, kanntest den Mann?«, unterbrach ich Nettis Redefluss.

Sie nickte. »Was heißt kennen? Also auf dem Rückweg von Hiltrud hatte ich einen Platten an meinem Fahrrad, mitten in der Pampa. Telefon hatte ich keines und niemand kam vorbei. Also habe ich mein Rad geschoben ... es war saukalt in diesem November. Da hat so ein amerikanisches Auto gehalten. Du kennst die sicher, vorne sitzen die Leute drin und hinten eine große Ladefläche.«

»Pick-up heißen die glaube ich.«

»Kann sein«, nickte sie. »Er war sehr höflich und hat gefragt, ob ich Hilfe brauche. Er hat mein Fahrrad hinten draufgepackt und mich bis nach Hause gefahren.«

»Hatte er seinen Namen genannt?«

Netti nickte. »Ja, hat er ... Klaas de Witt. Er komme aus den Niederlanden. Deshalb habe ich mir den Namen überhaupt gemerkt. Er hat die ganze Autofahrt über nichts geredet. Ich habe mich bedankt und das war es schon. Mehr weiß ich nicht.«

»Gut, dann will ich mal wieder.« Ich winkte Horst von der Wohnzimmertür aus kurz zu und machte eine aufmunternde Geste, die die plötzlich hinter mir stehende Netti mit einem Seufzer kommentierte.

Wieder zu Hause schickte ich Bertus eine Textnachricht mit der Frage, ob es etwas Neues gäbe.

Es kam nur ein kurzes knappes Nein zurück. Wahrscheinlich saß er wieder bei seinem Urologen im Wartezimmer und tauschte sich mit seinen Geschlechtsgenossen über neue medizinische Erkenntnisse aus.

Tante Fanny war hocherfreut, als ich sie anrief und fragte, ob sie nicht Lust hätte, mit mir am nächsten Vormittag auf Spurensuche zu gehen. Sie antwortete mit einem knappen Ja. Warum viele Worte machen, wenn man auch so zurechtkam.

Am nächsten Morgen ging ich gerade mit Selma die Bestellungen durch, als Elaine hereinschneite. Sie wirkte total hektisch und bat mich, ihr doch meinen blauen Seidenschal zu leihen, der hervorragend zu ihrem neuen indischen Kleid passen würde.

»Kein Problem«, versprach ich und begann, oben in unserer Wohnung nach dem Schal zu suchen. Nach einer halben Stunde fand ich das gute Stück in meinem Kulturbeutel im Bad und überreichte ihn meiner Freundin, die mit einem zufriedenen Lächeln abzog.

Da Leevke wie immer alles im Griff hatte, stieg ich in meinen Bulli und fuhr zum Hotel. Die junge Frau an der Rezeption gab Fanny Bescheid, die unmittelbar danach vor mir stand. »Und wo geht's hin?«

Erst als wir im Auto saßen, antwortete ich. »Klaas de Witt hatte doch ein Haus ganz in der Nähe des Hagebuttenhofs. Dort will ich mich mal umsehen.«

»Meinst du denn, du kannst da so einfach rein? Meistens hat die Polizei doch solche Siegel angebracht.«

Ich schüttelte den Kopf. »Das glaube ich nicht, da dieses Haus ja kein Tatort ist.«

»Da bin ich aber mal gespannt.« Meine schottische Tante rückte ihren kleinen Sonnenhut zurecht und sah erwartungsvoll aus dem Fenster.

»Wir müssen über die Küstenstraße zum Haus fahren«, teilte ich ihr mit. »Es gibt zwar einen Fußweg zu Arabellas Wohnung, aber mit dem Auto müssen wir außen rum.«

Klaas de Witts Haus war verhältnismäßig groß und aus roten Klinkern erbaut. Eine wildgewachsene Hecke umrahmte den Vorgarten, die verwitterte Haustür hatte schon einige Jahre auf dem Buckel.

»Ich habe es doch geahnt.« Tante Fanny hatte den Türgriff nach unten gedrückt. »Abgeschlossen. Da können wir nicht rein.«

»Mist«, brummte ich, trat ein paar Schritte

zurück, in der Hoffnung ein offenes Fenster zu erblicken. Aber alle Schotten waren dicht. »Wir gehen mal hinters Haus und sehen uns die Hintertür an.«

»Die ist bestimmt auch verschlossen«, unkte meine Begleiterin.

Sie hatte recht, alles abgeschlossen. »Das ist blöd«, ärgerte ich mich. »Vielleicht hat Klaas irgendwo einen Schlüssel versteckt?«

Hoffnungsvoll tasteten wir den Türrahmen ab, sahen unter jedem Stein in der Nähe des hinteren Ausgangs nach und durchsuchten ein altes Vogelhäuschen, welches an einem verwitterten Holzpfahl neben der Tür stand.

Unschlüssig sahen wir uns um. »Schöner Mist«, brummte ich. Einfach so wieder nach Hause zu fahren, kam gar nicht in die Tüte.

Tante Fanny versuchte, ernst zu bleiben. »Tja, Frau Detektivin, was machen wir jetzt?«

»Wenn ich das wüsste. In den Krimis haben die immer eine Auswahl von Werkzeugen dabei und kommen an jeder Tür rein.«

»Das ist ja einfach und höchst illegal.« Sie setzte sich auf eine kleine Mauer und blickte in den sehr verwilderten Garten.

»Sehr ordentlich war der Mann ja nicht«, stellte Tante Fanny fest und zeigte auf eine angerostete Blechdose, die halb versteckt unter einer Tanne lag. »Die liegt bestimmt schon ewig da.«

»Aber vielleicht mit Absicht.« Ich bückte mich, zog ein Stück Stoff aus der Dose und hielt einen Schlüssel in der Hand, mit der sich die Hintertür von Klaas de Witts Haus öffnen ließ.

Im Haus roch es muffig. Langsam tasteten wir uns bis ins Wohnzimmer vor. Die Möbel waren nicht die neusten, fast alle aus Kiefernholz.

»Das alles ist wie früher in meiner Studentenbude«, erinnerte sich Tante Fanny. »Und was machen wir jetzt?«

»Wir schauen uns einfach mal um. Vielleicht gibt es ja was, das uns weiterhilft.« Ich zog eine der Schubladen an einem breiten Wohnzimmerschrank auf. Als Erstes fiel mir ein Hochzeitsfoto von einem sehr jungen Klaas und einer Blondine in die Hände. »Er hat es wohl versteckt, damit Arabella das nicht sieht, wenn sie ihn besuchte.«

»Wieso? Wer ist das?«

»Ich vermute, das ist die Gattin von Klaas de Witt. Der gute Mann war nämlich noch verheiratet, deshalb hat er sich so gegen eine Heirat mit Arabella gewehrt.«

Tante Fanny nickte. »Dann kann ich mir gut vorstellen, dass er nicht …«

»Was machen Sie denn hier?«, tönte eine dunkle Männerstimme aus dem Hausflur. Wir erstarrten und sahen in die Richtung, aus der die Worte kamen. »Sie können doch nicht einfach …«

Als er das Wohnzimmer betrat, musste er den

Kopf einziehen, um nicht oben an den Türrahmen zu stoßen. »Ich glaube nicht, dass Sie das Recht haben, hier zu sein.« Bitterböse sah er uns an und kam einen Schritt auf uns zu.

8

Wir blickten nur wortlos in seine Richtung. Auffordernd sah uns der Mann an. Tante Fanny hatte als Erste ihre Sprache wiedergefunden. »Wir sehen nur nach, ob alles in Ordnung ist.«

»Hat Klaas Sie beauftragt?« Es klang mehr als unfreundlich.

»Nicht direkt, er ist ja tot«, beeilte ich mich, zu sagen. Das Hochzeitsbild drehte ich so um, sodass er das Foto nicht sehen konnte.

»Eben«, brüllte der Mann. »Deshalb haben Sie hier nichts zu suchen. Klaas kann Sie ja schlecht eingeladen haben.«

»Natürlich nicht ... aber wir suchen was«, erklärte Tante Fanny, »nämlich passende Kleidung für die Beerdigung. Also, die er anbekommt, wenn er ... Sie wissen schon.«

»Genau aus diesem Grund sind wir hier«, ergänzte ich. »Seine Lebensgefährtin ist dazu gerade nicht in der Lage.«

Der Mann entspannte sich etwas. »Sie kannten Klaas?«

»Nur flüchtig, eher Arabella«, sagte ich schnell.

»Sie wissen schon, seine Verlobte? Die hat uns nämlich …«

»Ja, ich weiß doch«, unterbrach er mich barsch. Unschlüssig sah er sich im Raum um, anschließend musterte er uns von oben bis unten. »Na ja, dann hat das ja wohl alles seine Richtigkeit, oder?« Das klang nicht gerade so, als ob er restlos überzeugt war.

»Und wer sind Sie?«, fragte ich selbstbewusst nach. »Ich meine, weil Sie hier einfach reinplatzen.«

Er deutete Richtung Straße. »Ich wohne ungefähr zwei Kilometer von hier und kam zufällig vorbei, als ich ihren Bulli draußen geparkt sah. Ich bin ein Nachbar von Klaas sozusagen.«

»Aber ein sehr entfernter Nachbar«, meinte Tante Fanny und begann ein paar Zeitschriften, die auf dem Tisch lagen, aufeinanderzustapeln. Zu unserem Leidwesen machte er keine Anstalten, sich zu entfernen.

»Sie haben doch sicher die Telefonnummer von Arabella und können Sie gleich anrufen«, forderte ich ihn auf. Hoffentlich kannte er die Nummer nicht, sonst würde er am Ende tatsächlich dort nachfragen.

»Nein, schon gut. Dann will ich Sie nicht länger aufhalten«, meinte der Hüne und verließ grußlos Klaas de Witts Haus.

»Das hätte ganz schön Ärger geben können«,

stieß Tante Fanny atemlos hervor. »Stell dir mal vor, der hätte die Polizei geholt.«

»Man muss auf so etwas immer gefasst sein und irgendeine Geschichte aus dem Ärmel zaubern. Und deine Erklärung mit der Kleidung für die Beerdigung war echt klasse.« Aufmunternd tätschelte ich ihren Arm. »Wir sehen uns noch weiter um. Vielleicht entdecken wir noch etwas Interessantes.«

Aber alles, was wir zu Gesicht bekamen, waren Dinge, die jeder Mensch in seinem Zuhause aufbewahrte. Unzählige Zettel, Rechnungen, Fotoalben, abgelaufene Rezepte und jede Menge Zeitschriften in niederländischer Sprache.

»Lass uns mal oben nachsehen«, schlug ich vor und stieg die schmale knarrende Holztreppe nach oben.

Im ersten Stock gab es ein Bad und drei kleine Räume mit schmalen Fenstern. Überall standen alte Möbel, die geblümten Vorhänge vor den Fenstern waren schon arg verblichen.

»Wahrscheinlich hat der Mann niemals ein Möbelstück erneuert«, urteilte Tante Fanny. Sie schob die Tür eines Schranks auf. »Ist aber alles noch funktionsfähig. Die Klamotten«, sie deutete auf den Inhalt des Schranks, »sind sicher genauso alt wie die Möbel.«

In einer Art Truhe, die sich unter dem Fenster in einem der Zimmer befand, fanden wir ein paar

Dokumente. Darunter mehrere Briefe von einem Anwalt aus Groningen. So viel, wie ich lesen konnte, ging es dabei um diverse Vereinbarungen von Unterhaltszahlungen an Klaas' Ehefrau. Weiter unten in der Kiste fand ich eine Heiratsurkunde.

»Jetzt wissen wir auch, wie die Angetraute heißt«, sagte ich und hielt Fanny das Blatt Papier hin.

»Gemma de Witt«, las sie laut vor. »Und dieses Bellingwolde, welches hier als Adresse angegeben ist, wo liegt das?«

»Direkt hinter der Grenze in den Niederlanden. Es ist nicht weit von hier.«

Mit ihrem Zeigefinger wischte Fanny über die Fensterbank im Schlafzimmer. »Ganz schön dreckig.«

Ich hatte während Tante Fannys Kontrolle der häuslichen Sauberkeit weiter den Inhalt der Truhe durchgesehen. »Hier sind noch Geschäftsunterlagen, aus denen hervorgeht, dass Klaas Mitinhaber eines Möbelhauses in Winschoten war.«

»Er war ein Unternehmer?«

»Zumindest war er an dem Möbelgeschäft beteiligt.«

Ganz unten auf dem Boden lag ein schmaler Ordner. Er enthielt einige Schreiben eines Maklers, der im Namen eines großen Bauunternehmers mehrere Kaufangebote für Klaas de Witts

Grundstück unterbreitete. Man bot de Witt eine beachtliche Summe für Haus und Grundstück, aber Klaas schien das abgelehnt zu haben, denn die Korrespondenz wurde von Mal zu Mal unfreundlicher.

»Wow … guck mal hier«, rief meine Tante. Sie kniete vor einem der Nachttische und hatte einen geöffneten Schuhkarton in der Hand. »Der Mann war ja richtig reich.«

Sie reichte mir den Karton, neugierig nahm ich die beiden oberen Blätter heraus. Es waren Auszüge eines Tagesgeldkontos, auf dem über zweihunderttausend Euro gebucht waren. Zu meinem Erstaunen fand ich noch weitere Bankunterlagen, die belegten, dass Klaas de Witt mehrere Aktienpakete und Goldanleihen besaß.

»Arm war er nicht«, stellte ich fest. »Ob Arabella das gewusst hat?«

»Möglich ist es. Vielleicht ist das der Grund, warum sie ihn unbedingt heiraten wollte?« Tante Fanny war dazu übergegangen, den Kleiderschrank eingehend zu untersuchen. Den Karton mit den Unterlagen stellte ich wieder in den Nachttisch, nachdem ich Fotos von den Daten des Maklers und des Bauunternehmers gemacht hatte. Ich nahm an, dass die Polizei dies alles ebenfalls schon gesichtet hatte.

»Und was ist das für ein Ding?« Tante Fanny hielt mir einen USB-Stick hin. »Das hat irgendetwas mit Computer zu tun, oder?«

»Wo hast du den gefunden?«

»In der Tasche des alten Trenchcoats.« Sie griff in den Schrank und zog den Ärmel eines abgewetzten Regenmantels hervor. »In der Tasche, ganz unten in der Ecke habe ich ihn entdeckt.«

Nachdenklich wog ich den Stick in der Hand. »Wenn wir jetzt nur wüssten, was da drauf ist«, überlegte ich laut. »Klaas hatte sicherlich das Ding aus gutem Grund in dem alten Mantel verwahrt.«

»Wir können ihn doch einfach mitnehmen«, schlug sie vor, »und zu Hause machst du das alles auf deinen Computer.«

Ich schüttelte den Kopf. »Das gäbe Ärger mit der Polizei, denn ich müsste ja erklären, wie ich in Besitz des Sticks gekommen bin. Und ihn danach einfach wieder hier ins Haus zurückbringen … nein, das halte ich für keine gute Idee. Ich weiß was Besseres.«

Ich rief meinen Sohn Wilko an. Erst nach mehrmaligem Läuten meldete er sich unüberhörbar genervt. »Mama, was is? Ich war gerade am Pennen.«

»Schlafen kannst du nachts«, entgegnete ich. »Kann man einen USB-Stick irgendwie an ein Smartphone anschließen?«

»Ist das ein normaler Stick?« Wilko gähnte.

»Ja, ganz normal, aber der passt doch nicht.«

»Nee, da brauchst du einen Adapter.«

»Hast du sowas?«

»Ja, hab ich.«

Ich sah auf die Uhr. Der Unterricht war schon lange beendet und mein Sohn hatte Zeit genug gehabt, sich von dem Schulstress zu erholen. »Könntest du mit dem Adapter hier vorbeikommen?«

»Jetzt?« Er klang entsetzt.

»Natürlich jetzt. Sonst würde ich ja nicht anrufen. Du würdest mir sehr helfen.«

»Echt jetzt, Mama.« Wahrscheinlich ahnte Wilko, dass ich wieder auf Schnüffeltour war, er sagte aber nichts. »Und wohin?«

Ich nannte ihm die Adresse. »Mit dem Fahrrad bist du schnell da.«

»Okay, ich bringe mein Tablet mit, da klappt das bestimmt.«

Es dauerte keine zwanzig Minuten, bis mein Sohn vor mir stand. »Wo ist das Ding?«

Ich gab ihm den Stick. Er kopierte den Inhalt auf sein Tablet, reichte mir den Stick und nahm sein Fahrrad. »Ich überspiele das auf deinen PC im Büro. War's das jetzt?«

»Danke mein Sohn«, sagte ich nicht ohne Stolz, »du hast was gut bei mir.«

»Aber nicht vergessen«, grinste er und rauschte ab.

Erstaunt hatte Tante Fanny die Szene beobachtet. »Was die jungen Leute alles so können.«

Die ganze Aktion hatte noch keine Viertelstunde

gedauert. Wir verstauten den Datenträger wieder genau da, wo Tante Fanny ihn gefunden hatte. Anschließend verschlossen wir die Hintertür und legten den Schlüssel wieder in die rostige Blechdose zurück.

»Das hat ja alles super geklappt«, stellte Tante Fanny fest und klopfte mir anerkennend auf die Schulter. »Man sieht, dass du das nicht zum ersten Mal machst.«

Alles sah so aus, als hätten wir das Haus von Arabellas Verlobten nie betreten. Gutgelaunt traten wir den Heimweg an.

9

Am nächsten Morgen war ich schon vor sieben Uhr in meinem Büro. Erwartungsvoll startete ich den PC und öffnete die Dateien, die Wilko dort gestern Abend gespeichert hatte.

Selma steckte den Kopf zur Tür rein. »Emely, alles in Ordnung?«

»Ja, wieso?«

»Das letzte Mal, als du um diese Uhrzeit an deinem Schreibtisch gesessen hast, war an dem Tag, als du den Bescheid über diese saftige Steuernachzahlung bekommen hattest. Damals hattest du kaum geschlafen.«

Ich erinnerte mich. Aufgeregt hatte ich meinen Steuerberater am frühen Morgen kontaktiert, der die ganze Sache zu meiner Erleichterung abmildern konnte.

»Nein, alles in Ordnung. Ich hatte nur so Rückenschmerzen, da bin ich früher aufgestanden.«

Das mit den Rückenschmerzen stimmte sogar. Nachdem ich Fanny ins Hotel gebracht hatte, wollte ich eigentlich sofort nachsehen, was genau auf dem Stick gewesen ist. Stattdessen machte ich mir ein Leberwurstbrot, kochte mir eine Tasse

Pfefferminztee und setzte mich vor den Fernsehapparat. Mein Kopf war voller Gedanken und ich war hundemüde. Der Film, ein Drama aus Ungarn, war total langweilig. Ich gähnte heftig und ermahnte mich, lieber ins Bett zu gehen. Dann fielen mir die Augen zu.

Erst gegen drei Uhr wurde ich wieder wach. Ich war mit dem Kopf vom Sofa auf den Wohnzimmertisch gerutscht und hatte stundenlang verengt den Schlaf des Gerechten geschlafen. Meine Knochen hatten mir diese akrobatische Aktion allerdings übelgenommen. Den Rest der Nacht verbrachte ich in meinem Bett. Es dauerte am nächsten Morgen eine Weile, bis ich wieder geradeaus gucken konnte.

»Du siehst aus wie ein Gespenst«, sagte Selma, »aber der Tag ist ja noch jung und es besteht die berechtigte Hoffnung auf Besserung.«

Selma war wieder in ihre Küche geeilt, um, wie sie sagte, die Welt der Kuchen, um eine weitere Variante zu bereichern. Nun konnte ich in aller Ruhe den Inhalt des Sticks sichten.

Was ich genau erwartet hatte, wusste ich nicht, aber keinesfalls das, was da auf meinem Bildschirm erschien. Es waren mehrere Blätter, die mit ausgeschnittenen Buchstaben beklebt waren. Klaas musste die Zettel eingescannt haben. Sie wirkten ziemlich verknittert. Der Inhalt war bei den insgesamt sechs Briefen der Gleiche:

Sorgen sie dafür, dass wir keine weiteren Ferienwohnungen in Neuharlingersiel bekommen. Wir brauchen kein neues Feriendorf. Verkaufen sie ihr Haus nicht an windige Geschäftsleute. Sie brauchen das Geld von einem Hausverkauf nicht. Wir wissen uns zu wehren. Nehmen sie uns ernst.

Das waren eindeutig Drohbriefe, wenn sie auch ein wenig laienhaft klangen. Die Anrede ›Sie‹ war konsequent klein geschrieben. Vielleicht war der Absender in Eile gewesen oder hatte in der Zeitschrift kein großes S gefunden?

Es waren noch ein paar Pläne einer großen Baufirma auf dem Stick, die besagten, dass genau an der Stelle, an der Klaas' Haus stand, ein großes Areal mit zahlreichen Ferienhäusern entstehen sollte. Die Kaufangebote waren für meine Begriffe sehr großzügig, man drängte mit sehr markigen Worten zur Eile, dieses Geschäft abzuschließen, da man zügig mit der Durchführung des Projektes beginnen wollte.

Da wollte also der Verfasser der Drohbriefe, dass Klaas de Witt sein Grundstück keinesfalls veräußerte, damit dort kein Ferienpark entstehen konnte. War Klaas' eventuelle Absicht, sein Haus samt Grundstück zu verkaufen, der Grund dafür, dass er nun in einem Behälter aus Blech in einer Kühlkammer der Rechtsmedizin ruhte?

Unkonzentriert erledigte ich meine tägliche Arbeit, ging später mit Selma die Bestellungen durch und durchstöberte das Internet nach einer neuen Jeanshose in Kurzgröße. Diese Größenbezeichnung war zu meiner Freude für Leute gedacht, die breite Hüften und nicht die dazugehörige Größe hatten. Ich hasste Besuche in Bekleidungsläden vor Ort, weil ich immer den Eindruck hatte, dass die jeweilige – natürlich sehr schlanke und sehr junge – Verkäuferin mit einem amüsierten Blick registrierte, wie ich mich bei der Anprobe in die Hosen zwängte.

Nachdem der erste Schwung der Gäste uns gegen Mittag wieder verlassen hatte, meldete ich mich bei Leevke ab und marschierte zum Strand. Der Wind hatte aufgefrischt und machte meinen Kopf frei. Ich musste dringend darüber nachdenken, auf welche Weise ich die Ermittler von der Existenz des Sticks in Kenntnis setzen sollte, ohne Ärger zu bekommen. Schließlich waren die Briefe sehr aufschlussreich und eventuell ein Hinweis auf ein Mordmotiv. Am besten erzählte ich Bertus so schonend wie möglich von meinem Fund. Er würde sicherlich über seinen jungen Kollegen Kurt einen Weg finden, den Fokus der Ermittler auf den alten Regenmantel zu lenken. Aber wie stellte ich das am geschicktesten an?

Unschlüssig schlenderte ich den Strandweg entlang und blickte auf die heftigen Wellen, die unermüdlich gegen die Steine der Uferbefestigung klatschten. Trotz des Windes saßen die Urlauber in ihren Strandkörben, unterhielten sich und verzehrten ihren mitgebrachten Proviant.

Essen … ja genau, das war die Lösung, ein gemeinsames Essen.

Am Nachmittag schlug ich meiner Tochter Annalotta, einer leidenschaftlichen Köchin, vor, wieder einmal für alle zu kochen. »Wir könnten Oma Netti, Horst und Tante Fanny einladen … und dann vielleicht Bertus.«

Meine Tochter war sofort begeistert. Nach Rücksprache mit Netti und ihrem Mann legten wir den nächsten Abend für unser gemeinsames Essen fest. Ich rief Fanny an, um sie ebenfalls einzuladen. Schließlich gehörte sie zu meiner Familie.

Bertus erreichte ich telefonisch wieder mal nicht. Stattdessen schickte ich ihm eine Textnachricht und bat ihn, am nächsten Abend unbedingt zum Essen zu kommen. Irgendwie würde ich das schon hinbekommen, damit ich mit den Ermittlern keinen Ärger wegen der unberechtigten Betretung eines verschlossenen Hauses bekommen würde.

Schon am nächsten Vormittag, es war ein Samstag und somit schulfrei, stand Annalotta in der Küche und bereitete das Essen vor. Den ganzen Morgen brutzelte und schnippelte sie. Wilko kam nur kurz vorbei, bevor er auf den Sportplatz eilte, versprach aber, am Abend pünktlich da zu sein.

Ich zog den Tisch in der Küche aus und legte die gestickte Decke meiner Mutter auf. Auf das Brandloch stellte ich einen Teelichthalter.

Tante Fanny tauchte als Erste auf. »Mein Gott, was macht ihr euch für eine Mühe.« Sie fachsimpelte mit meiner Tochter über die beste Technik, Geflügel zu zerteilen und bat mich dann um einen Teelikör.

Netti und Horst brachten zwei Flaschen Rotwein mit. Ich hatte noch versucht, Elaine zu erreichen, aber es antwortete mir nur die Mailbox.

Bertus erschien ziemlich abgehetzt. »Ich war noch beim Ultraschall, wegen meiner Nierensteine. Das hat so lange gedauert. Das Gerät hat irgendwie gehakt.«

Er überreichte mir eine riesige Schachtel mit Nusspralinen. Sofort überlegte ich, ob ich meine Jeans zur Sicherheit lieber eine Nummer größer bestellen sollte.

Das Menü – Tafelspitz mit Meerrettichsoße, Rote Bete und Petersilienkartoffeln – fand großen Anklang, woraufhin Annalotta etwas errötete. Es war ein wunderbarer Abend, es wurde viel gelacht. Horst erzählte wieder Witze und Bertus schien sich zu entspannen.

Leider saß mir das noch bevorstehende Geständnis im Nacken. Ich erwog kurz, dass ich ja eventuell das Gespräch mit Bertus auf morgen verschieben könnte. Nein Emely, widersprach ich mir, je eher du das aus der Welt hast, umso besser.

Der Rotwein mundete ausgezeichnet. Der Nachtisch, Mandelpudding mit Himbeersoße, war ebenfalls sehr lecker. Netti und Tante Fanny waren sofort beschickert. Bertus hielt sich, genau wie Horst, an Bier. Tante Fanny legte in weinseliger Laune ihre Hand auf die von Bertus, der sie sofort zurückzog, als hätte er sich verbrannt.

Der Tisch war abgeräumt, wir gingen zum gemütlichen Teil über. Tante Fanny erzählte von Schottland und sprach von meinem Vater, der Zeit seines Lebens nicht sonderlich gesund gewesen war.

Das war für Horst das Stichwort. Aufgebracht beschwerte er sich über seine Krankenkasse, bei der früher ja alles so viel besser war. Netti klagte über den Zwang, die Bankgeschäfte nur noch über das Internet abzuwickeln. »Das kapiert doch kein Mensch. Da bekommt man so ein Ding, das soll man an den Computer anschließen und dann seine Euros hin und her schieben.«

»Das Ding nennt man Stick, Oma«, klärte sie Wilko auf.

Das war jetzt mein Stichwort. Es half alles nichts. Ich machte Bertus ein Zeichen, mit mir nach unten in mein Büro zu kommen. In kurzen, knappen Worten schilderte ich ihm dort meinen Besuch in Klaas de Witts Haus. Tante Fanny erwähnte ich in diesem Zusammenhang sicherheitshalber mal nicht, denn ich wollte nicht, dass er einen schlechten Eindruck von ihr bekam.

»Wir … ähm … also ich habe nichts angefasst oder mitgenommen. Wilko kam vorbei und hat die Daten kopiert. Hier kannst du es sehen. Hier bitte, du kannst dich hinsetzen.«

Die Datei hatte ich geöffnet und Bertus studierte, nachdem er umständlich seine Lesebrille herausgekramt hatte, die Drohbriefe und die Baupläne.

Er drehte sich zu mir um und starrte mich entsetzt an, als hätte ich ihm einen Heiratsantrag gemacht. Nach ein paar Sekunden hatte er sich gefasst. »Das ist allerdings … das müssen die Kollegen unbedingt wissen.«

Er stand auf, verstaute seine Lesebrille und sah mich streng an. »Bei aller Liebe, Emely. Deine Leidenschaft für mörderische Dinge ist ja ganz nett, aber ich weiß nicht, wie ich das hinbiegen soll, ohne dass du mächtigen Ärger bekommst.«

Er verließ sofort mein Büro, ohne ein weiteres Wort zu sagen.

10

»Was war denn gestern Abend los?«, wollte Tante Fanny wissen, als sie am späten Vormittag in Selmas Küche kam. Wir waren gerade dabei, ein paar Rezepte zu besprechen.

»Entschuldige, dass ich so einfach damit herausplatze, aber du warst auf einmal so ernst.« Sie deutete Richtung Café. »Deine Mitarbeiterin Leevke hat mir gesagt, dass du hier bist.«

»Moin«, sagte Selma und reichte Fanny die Hand.

Tante Fanny lächelte. »Tut mir leid, ich bin manchmal doch sehr impulsiv.«

»Das macht doch nichts. Sie sind also die schottische Tante.« Selma legte ein Stück des frischen Honigkuchens auf einen Teller und reichte ihn meiner Tante. »Den habe ich erst heute Morgen gebacken.«

»Sie sind also die weltbeste Kuchenbäckerin«, meinte meine Tante und schob sich ein Stück Kuchen in den Mund. »Sensationell!«

Selma nickte stolz. »Emely lässt mich alles ausprobieren. Sogar meinen Chili-Schokoladenkuchen hat sie für gut befunden.«

»Und den Gästen schmeckt es«, ergänzte ich.

Fanny und Selma unterhielten sich noch eine Weile über Backrezepte, und waren nach fünf Minuten beim vertraulichen *Du* angelangt. Tante Fanny versprach Selma, ihr das nächste Mal ein schottisches Kuchenrezept mitzubringen.

»Fanny, wieso hast du mich gesucht?«, unterbrach ich die Fachsimpelei der beiden Damen.

»Ach ja, genau.« Sie leckte sich ihren Zeigefinger ab. »Der Kuchen ist echt lecker. Ich wollte wissen, was gestern mit dir und Bertus los war. Auf einmal wart ihr verschwunden.«

»Ich musste Bertus doch beichten, dass wir den Stick gefunden haben, schließlich konnten wir das nicht für uns behalten. Er war ziemlich sauer.«

»Oje, jetzt wird er mich nicht mehr mögen«, bedauerte Tante Fanny. »Ich fand ihn gestern total nett.«

»Ich habe ihm nichts davon gesagt, dass du bei der Aktion dabei warst.«

»Das beruhigt mich aber«, schmunzelte sie.

Selma hatte bisher aufmerksam, aber wortlos unser Gespräch verfolgt. »Emely, was hast du wieder angestellt?« Sie sah Fanny an. »Wahrscheinlich hat deine Nichte es mit ihrer Schnüffelei wieder mal übertrieben.«

»So schlimm war es ja auch wieder nicht«, behauptete ich, »es war alles ganz harmlos.« Wir erzählten Selma von unserem Besuch in Klaas de Witts Haus.

»Also wie ich Bertus kenne, gibt das Zoff«, prophezeite unsere Kuchenbäckerin. »Er hat dir ja immer viel geholfen, aber jetzt ist er bestimmt sauer.«

»Ich werde ihn morgen anrufen und mich bei ihm entschuldigen«, versprach ich. »Fanny, komm mal mit, ich zeige dir was.« Sie folgte mir in mein Büro. Ich rief die Datei mit den Drohbriefen auf. »Hier kannst du dir angucken, was wir in der Tasche des alten Mantels gefunden haben.«

Aufmerksam las meine Tante die Zeilen. »Und was heißt das jetzt?« Ratlos sah sie mich an.

»Jemand will unbedingt, oder besser wollte unbedingt, dass Klaas auf keinen Fall sein Haus verkauft, damit der Investor dort keine Ferienhaussiedlung bauen kann.« Ich zeigte auf die Baupläne. »Genau an der Stelle, wo der Pool in dem Gelände geplant ist, steht jetzt Klaas' Haus.«

»Und warum hat er es bis jetzt nicht verkauft? Er hätte bestimmt eine Menge Geld dafür bekommen.«

»Ich glaube nicht, dass er an Geld interessiert ist, da er ja selbst genug hat – beziehungsweise hatte.«

Zurückgelehnt saß meine Tante in meinem Schreibtischstuhl. Sie hatte die Augen geschlossen und tippte unablässig auf ihre Nasenspitze. »Man müsste wissen, was Klaas von diesem Kaufangebot und den Drohbriefen gehalten hat. Die Verlobte, die wird das doch sicher wissen, oder?«

»Kann sehr gut sein, aber ich bin mir nicht ganz sicher, ob Arabella uns alles erzählt hat. Ich denke, es wäre sehr interessant, sich mit der Ehefrau des Toten zu unterhalten.«

»Du meinst die Dame aus Holland?«

»Ja, genau die.« Ich zückte mein Smartphone. »Den Namen und die Adresse habe ich mir ja notiert.«

»Könntest du in Erwägung ziehen, mich mitzunehmen?« Sie sah mich lächelnd an. »Dann ist es für dich auch nicht so langweilig. Außerdem hören vier Ohren mehr als zwei.«

»Meinetwegen.« Sie hatte mich überzeugt. »Vielleicht sieht das dann auch ein bisschen zwangloser aus, wenn wir zu zweit auftauchen.«

Tante Fanny klatschte in die Hände. »Wie aufregend! Willst du die Dame vorher anrufen?«

»Wäre vielleicht sinnvoller.«

Google sagte mir, dass Neuharlingersiel ungefähr hundert Kilometer von Bellingwolde entfernt war. Dazu kam noch die Geschwindigkeitsbegrenzung in den Niederlanden von hundert Stundenkilometern. »Wir brauchen ungefähr anderthalb Stunden bis Bellingwolde.«

»Das geht ja noch. Dann ruf sie jetzt an und frag, ob wir heute Abend vorbeikommen können«, schlug Tante Fanny vor. »Das sollten wir nicht auf die lange Bank schieben.« Sie war ganz Feuer und Flamme.

Die Telefonnummer der holländischen Witwe hatte ich schnell gefunden und wählte sie an.

»Hallo?«

»Hier ist Emely Petersen aus Deutschland. Entschuldigen Sie bitte … sprechen Sie Deutsch … ich kann nämlich kein Niederländisch.«

»Ja, kein Problem«, antwortete die Frauenstimme. »Wen wollten Sie sprechen?«

»Gemma de Witt. Sind Sie das?«

»Ja. Was wollen Sie?«

»Mein Beileid zum Tod ihres Mannes.«

»Danke. War das alles?«

Das klang ein wenig ungeduldig. »Nein. Ich hätte ein paar Fragen zum Tode Ihres Mannes. Ich bin eingebunden in Ermittlungen zu dem Fall.« War das gelogen?, überlegte ich blitzschnell. Ja, aber nicht so doll.

»Hätten Sie etwas dagegen, wenn wir Sie persönlich aufsuchen?«

»Wenn Sie wollen, kommen Sie vorbei«, entgegnete sie jetzt bereitwillig. »Meine Adresse haben Sie?«

»Ja, habe ich. Würde es Ihnen heute Abend gegen 18 Uhr passen?«

»Ja, das geht.« Sie legte sofort auf.

»Da bin ich mal gespannt, ob sie uns die Tür

öffnet«, meinte Tante Fanny und stand auf. »Wie unhöflich, einfach aufzulegen.«

»Wir lassen uns überraschen.«

Um kurz nach vier Uhr machten wir uns auf den Weg in die Niederlande. Mein Navi leistete gute Arbeit und lotste uns direkt bis vor das Haus von Gemma de Witt.

Die Haustür war dunkelgrün lackiert, mit einer kleinen Glasscheibe in der oberen Hälfte. An dem breiten Fenster neben der Tür hingen kleine Spitzengardinen. Ein großes Emailleschild mit der Aufschrift *de Witt* zeigte uns, dass wir vor dem richtigen Haus standen.

»Los, klingel schon«, forderte mich Tante Fanny auf.

Entschlossen drückte ich auf den leicht angerosteten Knopf.

Als sich die Tür öffnete, sahen wir erstaunt in das Gesicht der Niederländerin, die Arabella vom Hagebuttenhof zum Verwechseln ähnlichsah. Vielleicht war das Klaas de Witts Beuteschema?, schoss es mir durch den Kopf.

»Hallo, ich bin Emely Petersen aus Deutschland.« Ich zeigte auf Fanny, »das ist Frau Collins.«

Frau de Witt schien keineswegs irritiert zu sein, dass wir zu zweit auftauchten. Sie bat uns ins Haus, bot uns Kaffee an und sah uns dann fragend an. »Schießen Sie los. Was wollen Sie wissen?«

Dass sie so offen für Fragen war, überraschte

mich dann doch. Ich hatte mit mehr Widerstand gerechnet. »Ihr Mann, wie lange sind Sie schon getrennt?«

»Seit 33 Jahren. Er ist nach Deutschland gegangen.«

»Ihr Mann hatte ja ein Haus in Neuharlingersiel. Waren Sie häufig dort, bei Ihrem Ehemann?«

Sie schüttelte den Kopf. »Nein, nur ein oder zwei Mal. Wir hatten finanzielle Dinge zu regeln. Jetzt machen das unsere Anwälte. Klaas hat mich ab und zu hier besucht.«

»Ihr Haus ist aber sehr gemütlich«, sagte Tante Fanny, »es erinnert mich an mein Elternhaus. Da war es so ähnlich.«

Frau de Witt lächelte. »Auf der einen Hausseite hat Klaas seinerzeit ein Fenster einsetzen lassen. Er war der Meinung, dass es dann viel heller hier drin wäre.«

»Es ist schön, wenn ein Haus viel Licht hat«, bestätigte Fanny, »es ist besser für die Seele.«

»Ja, das hat Klaas fast genauso gesagt. Er liebte es, alles zu verändern. Er erzählte mir, dass er das Haus in Deutschland auch unzählige Mal umgebaut hat. Erst hat er nur die Zimmer getauscht. Wo vorher das Wohnzimmer war, stand später sein Bett. Später hat er Türen zugemauert und neue Eingänge durchgebrochen. So ergab das einen völlig neuen Grundriss. Das machte er mit einer unbändigen Leidenschaft. Zum Schluss war alles schließlich so verbaut, dass man, wenn man das Wohnzimmer betrat, erst durch den Raum gehen musste, um neben dem Schrank das Deckenlicht anzumachen, weil sich früher dort die Zimmertür befunden hat.«

»Das erinnert mich an eine Bekannte«, erzählte ich, »die während der Abwesenheit ihres Mannes das Schlafzimmer verlegt hat, sodass der Mann am Abend fast in den Wohnzimmerschrank gefallen ist.«

»Ja, genau so hat das mein Mann gemacht.« Frau de Witt seufzte. »Ich sage immer noch mein Mann, obwohl wir schon so viele Jahrzehnte auseinander sind, aber immerhin sind wir noch verheiratet.«

»Haben Sie mal seine Freundin oder Lebensgefährtin kennengelernt?«

»Nein, niemals. Klaas hat mir von ihr erzählt. Sie hat sich wohl eingebildet, die zweite Frau de Witt zu werden, aber da hat sie sich geschnitten. Klaas hat mir versprochen, sich niemals scheiden zu lassen. Außerdem hat er erhebliche Steuervorteile, da er hier in den Niederlanden verheiratet geblieben ist.«

»Das gab Ihnen bestimmt eine gewisse Sicherheit.« Ich sah Tante Fanny an, die sich unauffällig im Raum umsah. »Wie wird das denn mit seiner Beerdigung werden?«

»Man hat mich von Deutschland aus kontaktiert,

da ich die nächste Angehörige bin. Klaas wird eingeäschert. Die Urne werde ich erst einmal hier bei mir zu Hause aufbewahren.«

»In Deutschland ist das strenger geregelt, dort muss eine Urne bestattet werden.« Niemals hätte ich mir vorstellen können, die Urne mit der Asche meines verstorbenen Mannes in mein Wohnzimmerregal zu stellen.

Gemma de Witt erzählte uns noch von den gemeinsamen Reisen mit Klaas und wie es zu der Trennung kam. »Er konnte nicht treu sein, was Frauen betraf. Gesorgt hat er aber immer für mich. Auch in den folgenden Jahren war ich immer wieder in finanziellen Nöten, aber Klaas hat mir immer aus der Patsche geholfen.« Sie nickte ein paar Mal. »Jetzt hat das alles ja zum Glück ein Ende. Ich bekomme Klaas' Rente, die Wertpapiere und eine üppige Lebensversicherung.«

Während unseres Gesprächs wurde Frau de Witt immer zugänglicher. Es wurde Zeit, aufzubrechen. Sie zeigte uns noch ihren Garten hinter dem Haus, bevor sie uns freundlich an ihrer Haustür verabschiedete.

Noch bevor ich richtig losgefahren war, nickte Tante Fanny ein. In Gedanken ließ ich das Gespräch noch einmal an mir vorbeiziehen.

War Gemma de Witt wirklich niemals auf dem Hagebuttenhof gewesen? Stimmte es, dass sie Arabella nie begegnet war? Hätte sie ungesehen in den Keller gelangen können? Hätte sie nicht eine andere Möglichkeit gehabt, ihren Mann weniger auffällig zu töten? Ihr Motiv könnte ihre angespannte finanzielle Situation sein. Jetzt war sie eine vermögende Frau.

Wie hatte meine Oma immer gesagt: Den Leuten kannst du nicht hinter die Stirn gucken. Damit hatte sie wohl recht.

11

Unsere Putzfee Teelse war vom Besuch ihrer Cousine in Bayern zurück. Sogleich begann sie am frühen Morgen mit einer Grundreinigung des Cafés. »Ach, das hat mir alles so gefehlt. Ich weiß ja, Emely, dass du inzwischen auch den Putzlappen geschwungen hast, aber ich habe da so meinen Dreh.« Auftrumpfend grinste sie mich an.

»Mach mal, wie du willst. Ich will dir ja nicht reinreden«, lachte ich, froh darüber, dass ich mich nicht mehr mit hausfraulichen Dingen beschäftigen musste.

»Du glaubst gar nicht, wie die Leute da unten im Süden sprechen«, plapperte Teelse weiter. »Die bekommen die Zähne nicht auseinander, und wenn sie was sagen, dann sehr viel und total undeutlich. Also ich hab nix verstanden.«

Sie schob ein paar Dekoartikel auf einer Fensterbank beiseite, sprühte etwas Glasreiniger auf den Marmor und wischte heftig über die Fläche. »Aber es ist toll da, wenn man mal von den Bergen absieht. Ich mag's ja lieber flach ... also die Gegend meine ich, so wie bei uns. Ich wollte mir sogar so ein Trachtenkleid kaufen. Das waren so schöne Stoffe … und dann die bunten Schürzen dazu. Ich war total begeistert. Dann habe ich eins anprobiert und zack, war der Zauber weg.«

»Wieso?«

»Wieso?« Sie zeigte auf ihre Rundungen an ihren Hüften. »Ich sah aus wie eine Tonne. Nee … nee … Das war nix für mich – leider.«

»Dann sei froh, dass du wieder hier bist.«

»Kannste glauben.« Sie zückte ein Staubtuch und bearbeitete jetzt die Bücherregale. »Übrigens wegen der Stühle.« Sie hielt mir ein Blatt Papier hin. »Das ist der Kostenvoranschlag. Gar nicht teuer, oder?«

Aufmerksam ging ich die Kalkulation der Firma de Buhr durch. Teelse hatte nicht zu viel versprochen, das Angebot konnte man guten Gewissens annehmen. »Und welchen Stoff können wir nehmen?«

»Moment.« Teelse zog aus ihrer Kitteltasche drei Stoffproben, alle in Blautönen. »Das sind die gängigen, robusten Stoffe und im Preis des Angebots mit drin. Der Chef hat gesagt, er hat sie auch auf Lager.«

Zwischen Daumen und Zeigefinger schob ich die Stoffproben hin und her. »Die sind alle ziemlich fest. Da ist die Wahl schwer.«

»Ist doch ganz einfach«, verkündete Teelse und steckte ihr Staubtuch wieder in die Tasche. »Alle drei sehen gut aus, sind nicht zu teuer, und wenn wir mal ehrlich sind, keiner hat am Hintern Augen und wird sich an dem Muster stören.«

Das war wieder mal typisch Teelse. »Dann nehmen wir den Dunkelblauen. Wann können die Leute kommen?«

»Also wenn ich den Chef gleich anrufe, kommen die nach Feierabend und sind bis zum späten Abend durch.«

»Dann ruf mal gleich an.« Das war gut, denn dann konnte ich diesen Posten auch aus meinen Gedanken streichen.

Später rief Tante Fanny an, um sich zu erkundigen, wie unsere Aufklärungsarbeit weiterginge. »Ich habe richtig Feuer gefangen.«

»Eigentlich wollte ich noch mal zum Hagebuttenhof«, überlegte ich, »vielleicht bekommen wir heraus, ob oder wie viel Arabella über den familiären Hintergrund ihres Lebensgefährten weiß.«

»Da komme ich mit«, rief sie begeistert. »Wir können ja sagen, dass ich mir die Tanzschule noch ein wenig genauer ansehen will.«

»Ich hole dich am späten Nachmittag ab«, versprach ich meiner Tante und konzentrierte mich auf meine alltägliche Arbeit.

Später schauten unsere beiden Ordnungshüter Harm und Sigi wie immer auf eine Tasse Kaffee herein. Unaufgefordert brachte ich ihnen je eine Tasse des belebenden Getränks. Ehe ich fragen konnte, teilte mir Harm mit, dass er keine Ahnung hätte, wie weit die Ermittler mit der Aufklärung des tödlichen Treppensturzes im Hagebuttenhof waren. »Ich hätte dir gern mehr erzählt.«

»Obwohl wir das gar nicht dürfen«, schränkte Sigi ein.

»Du bist echt ein Klugscheißer«, fuhr Harm seinen Kollegen an. »Ich denke, Emely hat das jetzt begriffen.«

Sigi starrte beleidigt in seine Tasse, während Harm gewohnheitsmäßig mehrere Stück Würfelzucker in seinem Kaffee versenkte.

»Lieber Klugscheißer als ein Polizist mit faulen Zähnen«, meckerte Sigi und schob seinem Kollegen mit einem provozierenden Lächeln die Zuckerdose ein wenig näher.

Es war Zeit, dem Disput Einhalt zu gebieten. »Jungs, jetzt bleibt mal ruhig. Ich werde schon noch alles erfahren, was ich wissen will.« Ich sah Sigi an. »Hast du dir die Haare tönen lassen?«

»Merkt man das?« Er fuhr sich über seine korrekt geföhnte Frisur. »Ich will es ja nicht beschreien, aber ich habe letzte Woche die ersten grauen Haare entdeckt.«

»Grau ist das neue Blond«, informierte ich ihn und ging wieder an meine Arbeit.

Gegen Mittag rief Bertus an. Sehnsüchtig hatte ich auf seinen Anruf gewartet. »Du kannst wieder aufatmen. Die Kollegen wissen Bescheid und dein

Name ist nicht zur Sprache gekommen.«

Überschwänglich bedankte ich mich bei ihm. Wie er das angestellt hatte, verriet Bertus mir nicht, aber er hatte mich gerettet. Ich musste ihm versprechen, mir ein anderes Hobby zu suchen, denn solche Aktionen würden sich negativ auf seine Gesundheit auswirken. Aber dies hatte er wohl in der nächsten Minute bereits wieder vergessen, denn er berichtete mir, dass die Kollegen aus Wittmund nochmal die Kellerwände im Hagebuttenhof genau in Augenschein genommen hätten. Ein paar Stellen könnten darauf hinweisen, dass da einmal Nägel dringesteckt haben müssen.

»Weiß man denn, wann die Nägel wieder entfernt wurden? Erst vor kurzem?«

»Nein«, entgegnete Bertus, »das kann auch gut schon ein paar Wochen oder Monate her sein. So eindeutig kann man das nicht einordnen.«

»Das ist schade.«

Am frühen Nachmittag gabelte ich Tante Fanny im Hotel Deichhuske auf. Sie stand mit Roswitha vor dem Hotel und unterhielt sich mit der Hausdame.

»Moin Emely«, begrüßte sie mich. »Deine Tante hat gesagt, ihr fahrt zum Hagebuttenhof. Habt ihr schon den neuen Tanzlehrer kennengelernt?«

»Wir haben ihn kurz gesehen«, antwortete ich. »Warum fragst du?«

Roswitha grinste und wickelte ihre Strickjacke um ihren dürren Körper. »Er war gestern Abend hier mit ein paar Leuten in der Bar. Meine Kollegin erzählte mir, dass man ihn mehr oder weniger zum Taxi schleppen musste.«

Tante Fanny hatte sich inzwischen auf den Beifahrersitz gesetzt. »Dann wollen wir uns das Kerlchen mal aus der Nähe ansehen.«

Roswitha winkte uns so intensiv nach, als ob wir auf eine mehrwöchige Reise gehen würden. Wenig später hatten wir den Hagebuttenhof erreicht.

»Ist das nicht der Tanzlehrer?« Tante Fanny zeigte auf einen Mann, der gerade dabei war, die Hecke am Tor zu stutzen. »Wieso erledigt er jetzt Gartenarbeiten?«

»Keine Ahnung.« Ich schloss den Bulli ab. Als wir auf ihn zugingen, hob er den Kopf. »Moin.«

»Moin, ist Arabella da?«

Er nickte. »Die sitzen alle hinten auf der Terrasse.« Er hielt die Gartenschere hoch. »Ich muss mich ein wenig betätigen. Mein Kopf hat eine gewisse Schwere.« Er grinste vielsagend und widmete sich wieder seiner Arbeit.

Wir fanden Josefine, Arabella und Henriette plaudernd auf der Terrasse vor.

»Moin Emely.« Josefine sprang auf. »Wir sind gerade dabei, einen Plan für die nächsten Wochen zu machen. Arabella braucht auch wieder Beschäftigung.« Sie zeigte auf das Mädchen. »Meine

Tochter Henriette kennt ihr ja.«

Josefines Tochter, schmal und blass, stand auf und reichte uns die Hand. Sie schlug die Augen nieder und setzte sich wieder neben ihre Mutter.

»Setzt euch doch bitte.« Arabella machte eine einladende Handbewegung. »Wir sind gerade dabei, alles neu zu ordnen. Jetzt, da Klaas nicht mehr da ist …«Sie stockte.

»Klaas hat hin und wieder der Tanzschule eine gewisse Summe zukommen lassen, wenn es mal eng wurde«, ergänzte Josefine. »Manchmal war es sehr eng.«

»Und ausgerechnet jetzt habe ich Kai-Uwe mit ins Boot geholt, nur wegen dem ollen Blueskurs«, stöhnte Arabella. »Wir könnten noch ein paar Anmeldungen gebrauchen. Übermorgen soll es losgehen.«

»Vielleicht müssen wir das alles hier aufgeben?«, jammerte Henriette mit dünner Stimme, »ich will aber nicht umziehen, alle meine Freunde sind hier.«

»Noch ist es ja nicht so weit.« Arabella legte beruhigend ihre Hand auf den Rücken ihrer Nichte.

»Wir haben das früher immer so gemacht«, meldete sich Tante Fanny zu Wort. »Immer, wenn wir mit etwas Neuem an den Start gegangen sind, haben wir in der Stadt Zettel mit dem Hinweis auf den neuen Kurs verteilt.«

Josefine rutschte auf ihrem Stuhl nach vorne. »Eine hervorragende Idee. Ich werde gleich ein paar Informationsblätter entwerfen und ausdrucken.«

»Und vergesst nicht, das alles im Internet anzukündigen«, schlug ich vor. »Eine eigene Webseite wäre auch nicht schlecht.«

»Dass wir da nicht selbst draufgekommen sind.« Arabella wirkte ein wenig überfordert.

»Super Idee«, rief Josefine und rauschte in Begleitung ihrer Tochter ab.

»Und wie geht's dir?«, wandte ich mich an Arabella.

»Geht so, aber muss ja.«

»Wann ist denn die Beerdigung von Klaas?«

Empört hob sie den Kopf. »Keine Ahnung. Die Behörden haben mit irgendwelchen Verwandten in Holland Kontakt aufgenommen. Klaas wurde nach Holland gebracht und eingeäschert. Die Asche verbleibt in der dortigen Familie.«

»Er hatte noch Familie in den Niederlanden?« Gespannt wartete ich auf ihre Antwort. Wusste sie von der Ehefrau?

Arabella zuckte mit den Schultern. »Keine Ahnung. Vielleicht noch Geschwister. Jedenfalls habe ich als Lebensgefährtin da nichts zu melden.«

Um Arabella auf andere Gedanken zu bringen, bat Tante Fanny darum, noch einmal den Tanzsaal besichtigen zu können. »Ich denke dann an früher … es war eine wundervolle Zeit damals.«

Kai-Uwe gesellte sich zu uns. Er hatte seine Gartenarbeit offensichtlich beendet und fachsimpelte nun mit den Damen über den Sinn und Zweck, heutzutage solch ein Unternehmen zu führen.

Wir verabschiedeten uns bald. »Ich muss meine Beine hochlegen«, jammerte Tante Fanny, »die sind so dick wie Elefantenfüße.« Sie zeigte auf ihre geschwollenen Knöchel.

»Ich fahre dich ins Hotel, da kannst du dich ausruhen. Ich rufe dich morgen an.«

Das Café war bereits geschlossen. Die Handwerker waren unter der strengen Aufsicht Teelses dabei, die Sitzflächen der Stühle neu zu beziehen. Und wie unsere Putzfee schon angekündigt hatte, waren die Herren am späteren Abend mit allem durch.

»Siehste Emely, so schnell geht das.« Teelse strich über den neuen Stoff. »Das macht doch was her – besser als der olle abgeschabte Stoff.«

Meine Gedanken waren ganz woanders. Ich fragte mich, ob Arabella wirklich nichts über Klaas‘ familiären Hintergrund wusste. Hatte sie mit seinem Tod etwas zu tun? Wenn ja, wie hatte sie das angestellt? Wir brauchten unbedingt mehr Informationen über die Verlobte des Toten. Und ich wusste auch schon, wie wir das bewerkstelligen könnten.

12

Gleich am nächsten Morgen rief ich Elaine an. Sie war in der Nacht zuvor von einer Reise zurückgekehrt. Schlecht gelaunt wollte sie wissen, was ich von ihr wollte.

»Kannst du eventuell nachher mal vorbeikommen?«, bat ich sie, »ich hätte da ein Anliegen.«

Sie gähnte herzhaft. »Meinetwegen. Das wird meinen Frust eventuell etwas mindern.«

Ich unterließ es, nach dem Grund ihrer Unzufriedenheit zu fragen. Es steckte bestimmt wieder ein Kerl dahinter.

»Bin gleich da«, sagte sie und legte auf. Tante Fanny schickte mir eine Textnachricht, dass sie nach ihrem Strandspaziergang bei mir vorbeikäme, da ja jetzt aktuelle Ermittlungsarbeit anstünde, und diese galt es zu besprechen.

Es dauerte noch ungefähr eine Stunde, bis Elaine und Tante Fanny fast zeitgleich mein Büro stürmten.

Elaine begrüßte meine Tante Fanny wie eine alte Bekannte. »Es ist schön, dass Emely ihre Familie erweitern konnte.«

Tante Fanny lächelte. »Wem sagen Sie das.«

Aus dem Café holte ich einen weiteren Stuhl, damit sich die Damen vor meinem Schreibtisch niederlassen konnten.

»Ach Schottland ...« Glückselig lächelnd lehnte Elaine sich zurück. »Ich war mal als junges Mädchen dort«, schwärmte sie, »zum Schüleraustausch.« Sie zwinkerte meiner Tante zu. »Damals war das ja noch nicht alles so offenherzig. Vieles hat man nur hinter vorgehaltener Hand weitererzählt. Am allermeisten hat uns interessiert, was die Jungs unter ihren Schottenröcken tragen.«

Tante Fanny lachte. »Früher wahrscheinlich wirklich nichts, weil es keine Unterhosen gab, aber heute denke ich, dass sich das geändert hat, soviel ich weiß.«

Elegant schlug Elaine ihre Beine übereinander. »Heute interessiert mich das nicht mehr so. Ich stehe mehr auf Südländer. Die haben wenigstens Temperament.«

Krampfhaft überlegte ich, wie ich das Gespräch auf Tanzschulen lenken sollte. »Stehst du auf Tanzlehrer?«, fragte ich Elaine.

»Tanzlehrer?« Sie überlegte kurz. »Vollblütige Tangolehrer aus Argentinien, meinst du sowas?«

»Nee ... eher ostfriesischer Blues auf dem Hagebuttenhof.«

Sie zuckte die Schultern und sah uns ratlos an. »Wieso?«

Ich wusste, dass Elaine sich nicht viel aus unseren Dorfgeschichten machte, außer ein männliches Wesen spielte darin eine lebende Hauptrolle. »Du hast ja sicher von dem Todesfall auf dem Hagebuttenhof gehört?«

»Ja, aber nichts Genaues.«

Ich erzählte ihr von dem tödlichen Treppensturz und brachte sie auf den neusten Stand unsere Recherchen. »Und jetzt wäre es doch eine gute Idee, wenn du an dem Tanzkurs teilnimmst und deine Ohren offenhältst, um herauszubekommen, was die beiden Schwestern über die Ereignisse wissen.«

Tante Fanny nickte zustimmend. »Es ist ein wunderschönes Haus mit einem eleganten Tanzsaal. Da macht es bestimmt viel Freude, einen neuen Tanz zu erlernen.«

Es dauerte eine Weile, bis Elaine kapierte, was wir von ihr wollten. Sie sprang plötzlich auf und machte ein paar Tanzschritte. »Blues ... jetzt verstehe ich. Genau ... der ist fest in meinen Genen verankert, die weichen Bewegungen ... diese Sinnlichkeit.« Sie sah mich an. »Du kennst das ja, wenn man etwas im Blut hat, oder?«

»In meinen Genen befinden sich eher Schokolade und Törtchen«, gestand ich. »Mit dem Tanzen habe ich es nicht so.«

»Und meine Teilnahme an dem Kurs gehört zu deinen kriminellen Schnüffeleien?«

»Ja, wenn du so willst. Du würdest mir ...« Ich

deutete auf meine Tante, »uns total helfen.«

»Wie sieht denn der Tanzlehrer aus?« Elaine hatte sich wieder hingesetzt und sah mich nun erwartungsvoll an.

»Ja, wie sieht er aus?«, stammelte ich, »ganz normal eben.«

Tante Fanny schüttelte den Kopf. »Was sollen wir groß drumherum reden. Er sieht aus, als hätte er eine Bluttransfusion nötig, so bleich wie er ist. Aber ich glaube, er ist sehr charmant.«

Mit gerunzelter Stirn überlegte Elaine eine Weile, stimmte dann aber zu. »In Ordnung. Wenn es euch weiterbringt, werde ich gerne das Tanzbein schwingen. Eigentlich wollte ich das schon immer.«

»Das ist sehr nett von dir«, bedankte ich mich und umarmte sie.

Ich schrieb ihr Arabellas Telefonnummer auf, damit sie sich gleich zu dem Kurs anmelden konnte.

»Ich mache das gleich von zu Hause aus«, verkündete Elaine und rauschte davon.

»Deine Freundin ist ein bisschen, wie soll man sagen … überkandidelt … ist dies das richtige Wort?«

»Ja, sie ist ein wenig schrill, aber eine Seele von Mensch.«

»Ich überlasse dich jetzt deinem Schicksal«, schmunzelte meine Tante und deutete auf den

Stapel Papiere auf meinem Schreibtisch. Sie hatte beschlossen, den Nachmittag im Meerwasser-Hallenbad zu verbringen. Somit war ich genötigt, mich um meine Buchhaltung zu kümmern.

An diesem Nachmittag war wieder Teeschwesternzeit. Nachdem ich Tee und Torte an den Tisch der Damen gebracht hatte, setzte ich mich zu dem Quartett, in der Hoffnung, ein wenig Tratsch und Klatsch zu hören – bevorzugt natürlich über die beiden Schwestern vom Hagebuttenhof.

»Der Klaas soll ein ganz Netter gewesen sein«, behauptete Franziska, »diese Arabella war ja ganz schön hinter ihm her.«

»Woher willst du das denn wissen?« Argwöhnisch sah Tabea ihre Freundin an.

»Beim Friseur habe ich das gehört«, entgegnete Franziska. »Ich kenne sie ja nicht näher, aber dem Gespräch zwischen ihr und der Friseurin konnte ich entnehmen, um wen es sich handelt.«

»Und dann hat sie gesagt, dass sie hinter dem Mann her ist?« Hedwig rümpfte die Nase. »Sowas tut man doch nicht.«

»Sei doch nichts so ... so verklemmt«, fuhr Franziska Hedwig an, die beleidigt den Mund verzog und mit ihrer Kuchengabel hantierte.

»Also, wenn ihr es genau wissen wollt ... Diese Arabella hat gesagt, dass sie höchstwahrscheinlich bald heiraten würde«, informierte Franziska jetzt die Damen weiter, »schließlich wäre sie schon lange verlobt und eine Heirat wäre dann ja folgerichtig.«

»Sie ist seit neunzehn Jahren verlobt«, warf ich ein, »wieso hatte sie es denn jetzt so eilig?«

Franziska hob die Schultern. »Das weiß ich nicht, aber es klang so, als würde es mit der Hochzeit nur noch ein paar Wochen dauern.«

»Klaas wollte ihr bestimmt nicht die Hoffnung nehmen, sie zu seiner Ehefrau zu machen«, meinte Netti. »Wer nach neunzehn Jahren nicht den Mumm hat, seine Liebste zu ehelichen, der macht das nie mehr.«

»Das sind dann die ewigen Jungfrauen«, meinte Tabea und grinste.

»Genau«, kicherte Franziska und stieß dabei Hedwig an, die jetzt verschämt ihre Hände betrachtete.

Netti war wohl bemüht, das Gesprächsthema in eine andere Richtung zu lenken. »Mit dem ganzen Tanzgedöns habe ich sowieso nichts am Hut. Horst war zum Glück noch nie mit mir tanzen.«

»Mein Mann hat auch zwei linke Füße«, beklagte sich Tabea. »Noch nicht einmal bei unserer Silberhochzeit wollte er mit mir das Tanzbein schwingen.«

»Sei froh«, meinte Netti, »da hast du dir ein paar blaue Flecke erspart.«

»Das ewige Gehopse.« Hedwig schüttelte den Kopf. »Manche Frauen benehmen sich total undamenhaft. Und dann diese engen Tänze ... und auch noch mit fremden Männern. Igitt.«

»Wieso?« Mit spitzen Fingern ordnete Franziska ihre Frisur, die diesmal in einem goldenen Haselnussbraun mit dunkelrosa Spitzen daherkam.

»Kann doch ganz nett sein. So bekommt man unverbindlich Kontakt zum männlichen Geschlecht.«

»Ich habe schon immer gewusst«, zischte Hedwig, »dass du mannstoll bist.«

Die Freundinnen erörterten jetzt ganz offen, wann sich die Moralvorstellung der ostfriesischen Bevölkerung dahin gewandelt hatte, mit dem Sex nicht mehr bis zur Hochzeitsnacht zu warten.

Spontan erinnerte ich mich an die Tochter unseres Nachbarn, die nur vier Jahre älter war als ich. Im zarten Alter von achtzehn heiratete sie in aller Hektik den Sohn unseres Bäckers. Nach sieben Monaten kam ein strammer Bursche zur Welt. Die jungen Eltern behaupteten nach der Niederkunft, aber auch noch Jahrzehnte später, der Sohn sei eine Frühgeburt gewesen, obwohl er fast vier Kilo bei seiner Geburt auf die Waage gebracht hatte. Meine Oma hatte dieses Geschehen mit den Worten kommentiert: »Wenn das ein Siebenmonatskind ist, bin ich die Königin von Saba.« Dem war nichts mehr hinzuzufügen.

13

»Ich habe um elf einen Zahnarzttermin«, verkündete Selma am nächsten Morgen. »Mein Ersatz-Esszimmer wackelt.« Sie rieb über ihre linke Wange. »So ein Mist. Nur weil ich das alte Brötchen nicht wegwerfen wollte. Ich bin schon ganz aufgescheuert hier drin.«

»Dann lauf jetzt los«, antwortete ich. »Ich mache hier solange weiter.«

Selma nickte und zeigte auf den Ofen. »Der Schokokuchen braucht noch zwanzig Minuten. Den Rest mache ich später.«

Nachdem unsere weltbeste Kuchenbäckerin abgezogen war, räumte ich ein paar Backutensilien beiseite und prüfte unsere Vorräte.

»Ach hier bist du.« Meine Tochter steckte den Kopf zur Tür herein. »Ich wollte dich was fragen, Mama.«

»Warte kurz, ich muss erst ...«

Ich holte den Kuchen aus dem Backofen und schob ihn zum Abkühlen auf einen Rost. »Magst du eine Zimtschnecke?«

»Klar.« Annalotta bis herzhaft in die Backware.

»Oh sind die lecker. Die hat bestimmt Selma gemacht.«

»Zum Backen komme ich ja nicht. Was wolltest du denn?«

»Die Mutter von Melanie will ihre Nähmaschine verkaufen.«

»Wer ist Melanie?«

»Meine Schulfreundin. Sie ist letztes Jahr aus Frankfurt hierhergezogen.«

»Und die Mutter will ihre Nähmaschine verkaufen. Aber du hast doch eine, oder?«

»Ja, aber die ist so einfach und die kann nur geradeaus nähen. Ich brauche eine mit verschiedenen Funktionen. Sie will nur hundert Euro.«

»Für die Nähmaschine?« Irgendwie stand ich heute auf dem Schlauch.

Sie nickte. Diesen Wunsch konnte ich meiner Tochter nicht abschlagen. Ihre Leidenschaft fürs Nähen war bemerkenswert. Allerdings hatte sie sich bisher standhaft geweigert, meine Hosen etwas zu erweitern, wenn sie am Bund zu eng geworden waren. Annalotta hatte mich auf den Gebrauch von Gummibändern oder Sicherheitsnadeln hingewiesen, denn sie war der Ansicht, dass dies mit Nähen nichts zu tun hatte.

Selma war nach einer Stunde wieder zurück. Ich hatte in dieser Zeit mit Teelse ein paar Tische neu arrangiert, damit zwischen den Stühlen mehr Platz war.

»Manche haben aber auch einen Hintern«,

kommentierte unsere Putzfee diese Aktion, »die drehen sich einmal um und fegen mit ihrem Popo die ganze Garnitur vom Tisch.«

Sie ließ sich noch weiter über die Tischmanieren einiger Menschen aus und ging dabei ihrer Arbeit nach. Ich verzog mich in mein Büro.

Gerade war ich dabei, Unterlagen für den Steuerberater zusammenzuheften, als Bertus anrief.

»Ich wollte dir nur sagen, dass die Kollegen die Dokumente von dem Stick jetzt gesichtet haben. Kurt sagt, dass die Drohbriefe interessant seien und eventuell ein mögliches Motiv dahintersteckt. Wer die Schreiben verfasst hat, ist allerdings noch nicht raus.«

»Die waren auch ein wenig stümperhaft gemacht«, urteilte ich. »Ich glaube nicht, dass da ein Profi am Werk war. Vielleicht waren die noch nicht mal ernst gemeint.«

Ich erinnerte mich plötzlich, dass Netti mir erzählt hatte, dass es im Ort eine Bürgerinitiative gab, die sich sehr lautstark gegen weitere Ferienunterkünfte im Ort einsetzte. Da sollte ich eventuell noch mal nachhaken. Vielleicht …

»Emely, bist du noch dran?«

»Sorry, ich war nur in Gedanken. Was sagtest du gerade?«

»Dass der Bauunternehmer, der hinter dem Grundstück von Klaas de Witt her war, für seine rabiaten Methoden bekannt ist.«

»Wie heißt er denn?«

»Moment … ich habe es mir aufgeschrieben … *Bauunternehmen Frika* mit Sitz in Wiesmoor.«

»Frika? Das hört sich eher nach einem Lebensmittelgroßhandel an.«

»Der Chef heißt Friedor Kannengieser. Das ist dann sicherlich eine Zusammensetzung des Vor und -Nachnamens.«

»Ja, das macht Sinn.« Mir schwirrten bereits die Gedanken im Kopf herum, unter welchem Vorwand ich mich am besten vor Ort in der Firma umsehen konnte. Vielleicht könnte ich mich als Redakteurin eines Sonntagsblatts ausgeben? Dessen Mitarbeiter kannte sicherlich niemand persönlich.

Als ob Bertus meine Gedanken lesen konnte, forderte er mich noch mit Nachdruck auf, keinen Unsinn zu machen. »Ich kenne dich Emely. Nicht, dass es wieder Ärger gibt. Denk an den Stick. Nochmal kommst du nicht so ungeschoren davon.«

»Ja, ich weiß, ich mach keinen Quatsch«, versprach ich und legte dabei meinen Zeige und-Mittelfinger über Kreuz, damit mein Versprechen wieder ausgelöscht war.

Der Nachmittag verlief ruhig. Sogar die Teeschwestern waren ungewöhnlich schweigsam, keine spitze Zunge, kein Gemecker und keine Unhöflichkeiten. Das war mehr als bemerkenswert.

Hedwig hatte Kopfschmerzen, Franziska war mit dem Ergebnis ihres Friseurbesuchs unzufrieden, Tabea hatte schlecht geschlafen und Netti hatte sich wieder mal mit Horst gestritten. Ich spendierte den Damen je einen Teelikör, damit sich die Stimmung wieder ein wenig aufhellte.

Am späteren Abend, ich hatte es mir auf bereits meinem Sofa gemütlich gemacht, als es Sturm klingelte. Atemlos rannte eine aufgewühlte Elaine die Treppe hoch, stürmte meine Küche und verlangte eine Erfrischung.

»Ich hatte schon zwei Gläser Rotwein«, stöhnte sie und schmiss ihre High Heels von den Füßen.

»Und dann bist du noch gefahren?«

Sie lächelte und schüttelte den Kopf. »Kai-Uwe war so nett.«

»Aha …« Den Blick kannte ich. »Der ist doch gar nicht dein Beuteschema.«

»Emely, du Schaf. Du weißt doch, dass ich hin und wieder meine Meinung ändere.«

Ich holte den Teelikör aus dem Schrank und setzte mich zu ihr. »Du willst doch wohl nicht sagen, dass du auf den stehst … diesen Tanzlehrer … so dünn und blass wie der ist, mmh?«

»Am Anfang dachte ich auch, ich würde mit einem ausgebleichten Besenstiel tanzen, aber dann …« Sie blickte schwärmerisch ins Leere. »Dann aber habe ich gemerkt … er hat einen Hüftschwung, ich kann dir sagen. Blues liegt ihm eben im Blut.«

Ich weiß, dass man niemanden nach seinem Äußerlichen bewerten sollte, aber dass Elaine den Tanzlehrer anhimmelte, wunderte mich dann doch sehr. Sie bevorzugte nämlich in der Vergangenheit ganz andere Typen. Außerdem war Kai-Uwe Heikens mindestens zehn Jahre jünger als meine Freundin. »Ich habe ihn eher als einen hölzernen Menschen kennengelernt.«

»Du siehst das falsch, Liebes«, entgegnete Elaine, sprang auf und machte ein paar Tanzschritte. »Er ist charmant und kann super tanzen. Seine ganze Erotik hat er in seinen Hüften, und die ist nicht von schlechten Eltern.«

»Das sind ja ganz spannende Erkenntnisse«, murmelte ich und genehmigte mir ebenfalls einen Teelikör.

14

»Ich könnte mich als Redakteurin ausgeben«, sagte ich zu Tante Fanny gewandt, die neben mir im Bulli saß. »Am besten von irgendeinem Sonntagsblatt.«

Wir waren auf dem Weg nach Wiesmoor zur Firma *Bauunternehmen Frika.* Eigentlich hatte ich nicht die Absicht, meine Tante auf die Schnüffeltour mitzunehmen. Aber als ich sie gestern Abend anrief, um mich nach ihren Plänen zu erkundigen, hatte sie mir mein heutiges Vorhaben aus der Nase gezogen und darauf bestanden, mich zu begleiten.

»Und dieser Bauunternehmer hat versucht, Klaas davon zu überzeugen, sein Grundstück an ihn zu verkaufen?«

Ich nickte. »Und das wahrscheinlich auf eine ziemlich penetrante Weise. Bertus sagt, er ist für sein ruppiges Geschäftsgebaren bekannt.«

»Und wie willst du vorgehen, wenn wir dort angekommen sind?«, wollte Tante Fanny wissen. »Er wird dich ja nicht direkt einladen, um mit uns über seine zukünftigen Pläne zu plaudern.«

»Ich mache das so, wie ich das immer handhabe

und mache das von der Situation abhängig, die ich vorfinde. Bisher hat das noch immer geklappt.«

»Da bin ich aber mal gespannt, ob das klappt.« Abwartend lehnte sie sich zurück. »Die nötige Fantasie hast du ja.«

Der Firmenparkplatz war überfüllt, wir mussten zwei Straßen weiter parken.

»Und wir gehen jetzt einfach da rein?« Neugierig sah mich Tante Fanny an. »Also du traust dich was.«

Die Firma des Bauunternehmers war in einem älteren Backsteingebäude untergebracht, welches dem Äußeren nach zu urteilen mal eine Schule oder ein Krankenhaus gewesen sein musste.

Der Pförtner in einem nachträglich eingebauten Glaskasten an der Vorderseite fragte uns mit unbeweglicher Miene, wohin wir wollten.

»Eigentlich wollte ich in die Personalabteilung«, informierte ich ihn. »Es geht um ein Einstellungsgespräch.«

»Unsere Personalabteilung befindet sich in einem separaten Gebäude«, ertönte eine Stimme hinter mir. »Sie sind hier total falsch. Hat Ihnen das keiner gesagt?«

Erschrocken drehte ich mich um und sah in das verdutzte Gesicht meiner ehemaligen Schulfreundin Beate de Vries.

»Beate?« Ungläubig starrte ich sie an. »Dich hätte ich nicht hier erwartet. Ich dachte, du wohnst in Münster.«

»Da staunst du, was Emely?«, grinste Beate, »Aber was um Himmels willen willst du in unserer Personalabteilung?« Abwartend sah sie meine Tante an. »Und Sie wollten auch …?«

»Nein, nein, das ist ganz anders, aber ich merke, dass ich hier total falsch bin«, unterbrach ich sie. Dass ich ausgerechnet Beate hier über den Weg lief, war vielleicht mein Glück. »Das ist meine Tante Fanny«, stellte ich meine Begleiterin vor. »Also wenn ich ehrlich bin, bin ich auf der Suche …«

Beate unterbrach mich. »Wisst ihr was, ich nehme euch mit zu mir nach Hause. Ist nicht weit und da können wir sabbeln, bis der Arzt kommt.«

»Musst du nicht arbeiten?«

Beate schüttelte den Kopf. »Ich habe ein paar Tage Urlaub und habe nur eben etwas bei meiner Kollegin abgegeben.«

»Na dann.«

Wir folgten Beate genau in die Straße, in der wir geparkt hatten. Sie steuerte auf ein schmales Haus mit Sprossenfenstern zu. Im Vorgarten blühte es im Überfluss.

»Das ist genau so ein Haus, wie ich es mir immer gewünscht habe«, schwärmte Tante Fanny, als wir in Beates Küche saßen. Die Küchenmöbel waren alt, aber frisch in einem Friesenblau gestrichen. Die weißen Vorhänge und die Blumenkästen vor den beiden Küchenfenstern vervollständigten diesen idyllischen Eindruck.

Meine Schulfreundin setzte den Wasserkocher in Gang. »Ich mache mal Tee.«

Innerhalb von zehn Minuten standen das Stövchen mit einer bauchigen Teekanne, Kluntje und Sahne auf dem Tisch. »Der muss noch fünf Minuten ziehen.« Beate holte aus einer Speisekammer eine Schale mit Butterkeksen und stellte sie auf den Tisch.

»So, und jetzt sagst du mir, was du wirklich bei uns in der Firma wolltest. Ich weiß nämlich genau, dass du ein Café hast und sicherlich nicht in einem Büro arbeiten willst.«

»Erwischt!« Kurz und knapp erzählte ich von den Ereignissen, die sich im Zusammenhang mit dem tödlichen Treppensturz des Niederländers auf dem Hagebuttenhof ereignet hatten. Die Sache mit dem illegalen Zutritt in de Witts Wohnung ließ ich natürlich weg.

»Wir haben einige Unterlagen gesehen«, fuhr ich fort, »in dem dein Chef mehr oder weniger nachdrücklich den Verkauf des besagten Grundstückes forcieren wollte.«

»Ja, so kenne ich meinen Chef«, stöhnte Beate, »immer mit dem Kopf durch die Wand. Jegliche Höflichkeit verkneift er sich konsequent. Die Geschäfte werden häufig auf dem kurzen Dienstweg abgeschlossen, wenn die Geschäftsleute und die Herren Stadträte ihr abendliches Bier zu sich nehmen. Ich sage nur *Mafia-Methoden.*«

Tante Fanny schüttelte den Kopf. »Dass er damit durchkommt? Immerhin ist er Geschäftsmann und müsste sich im Grunde genommen untadelig benehmen.«

»Bis jetzt hat er immer alles erreicht, was er wollte.«

Geschickt legte Beate in unsere Teetassen ein Kluntje und goß Tee darüber. Der Kandiszucker knisterte leise. Mit einem kleinen Silberlöffel gab sie an den Tassenrand ein wenig Sahne.

»Immer gegen den Uhrzeigersinn«, sagte meine Tante und lächelte. »Das hat mir Selma so gezeigt.«

»Wer ist Selma?«, wollte Beate wissen.

»Sie backt für unser Café die allerbesten Kuchen und Torten«, erklärte ich ihr. »Wenn du das nächste Mal nach Neuharlingersiel kommst, schau doch mal rein.«

»Mach ich.« Sie hielt uns die Kekse hin. »Hat meine Nachbarin frisch gebacken. Sie ist froh, wenn sie Abnehmer findet, denn sie ist immer zugange in ihrer Küche.«

Die Kekse waren in der Tat vorzüglich. »Um noch mal auf deinen Chef zurückzukommen … Seid ihr denn als Mitarbeiter zufrieden mit ihm?«

»Was heißt schon zufrieden? Wir haben uns an seine polternde Art gewöhnt. Privat scheint er auch so ein Muffelkopp zu sein.«

»Wieso?«, fragte meine Tante nach. »Ist er denn verheiratet?«

»Zum dritten Mal, und seine aktuelle Ehefrau haben wir auch schon lange nicht mehr gesehen. Die ist wahrscheinlich auch schon stiften gegangen.« Die Hausherrin füllte erneut unsere Tassen. »Wie hieß der Mann noch gleich, von dem du eben erzählt hast?«

»Meinst du Klaas de Witt?«

»Ja...« Beate runzelte die Stirn. »Bei dem Namen hat es eben bei mir geklingelt. Vor ein paar Monaten, ich war gerade im Vorzimmer des Chefbüros bei meiner Kollegin Insa, als der Chef mit jemandem am Telefon herumgebrüllt hat.«

»Hat er damals mit Klaas de Witt telefoniert?«

»Nein, mit einem seiner Mitarbeiter. Aber der Name ist gefallen.«

»Das ist ja interessant«, sagte ich, begierig, noch mehr zu erfahren. »Kannst du dich an bestimmte Formulierungen erinnern?«

Beate nickte. »Er hat gesagt, wenn de Witt nicht bald klein beigibt, würde er ihm die Hammelbeine langziehen und er werde ihm zeigen, wo der Hammer hängt.«

»Das hat er gesagt?« War das eine Drohung oder nur leere Worte? Immerhin kam der unfreundliche Bauunternehmer als Täter durchaus infrage.

»Das klingt nicht gerade freundlich«, meinte meine Tante und zog die Stirn in Falten, »das sind die Geschäftsleute, die von irgendeinem Konkurrenten beim Finanzamt angezeigt werden.«

Beate nickte zustimmend. »Das hat er schon zweimal durchgemacht, aber es ist nicht viel passiert. Insa hat gesagt, dass er in Sachen Schwarzgeld wohl ein goldenes Händchen hat.«

»Hat dir deine Kollegin auch erzählt, was er mit dem Grundstück von Klaas de Witt vorhat?«

»Genau wusste Insa das auch nicht, aber es war wohl von einem Feriendorf mit Reiterhof die Rede.«

»Deinen Chef würde ich mir gerne mal aus der Nähe ansehen«, überlegte ich laut und hoffte, Beate könnte mir einen entsprechenden Tipp geben. Diese zuckte aber nur mit den Schultern. »Da kann ich dir leider nicht helfen, denn ich habe keine Ahnung, was er so in seiner Freizeit macht.«

Das war mehr als schade, aber eventuell würde sich in Zukunft doch einmal eine Gelegenheit ergeben, den Mann aus der Nähe zu beobachten.

15

»Heute Nachmittag Tag der offenen Tür.« Horst schüttelte mit dem Kopf. »Was ein Quatsch, als ob die Türen an anderen Tagen zu wären. So ein blödes Gesabbel.« Er hielt einen Flyer des Hagebuttenhofs in den Händen, in dem auf diese Veranstaltung hingewiesen wurde.

»Wo ist denn deine Tante Fanny?«, wollte Netti von mir wissen, ohne sich um das Gemecker ihres Mannes zu kümmern.

»Die ist auf der Jagd nach einem Teeservice mit der ostfriesischen Rose. Sie will das unbedingt mit nach Hause nehmen«, erzählte ich. Meine Schulfreundin hatte uns bei unserem Besuch noch ihr gesamtes Haus gezeigt, was Tante Fanny mit wiederholt ausgestoßenen *nice* oder *lovely* begleitete. Das Geschirr von Beates Oma hatte es ihr besonders angetan, sodass sie sich unbedingt genau so eins kaufen wollte.

Horst legte den Flyer auf die Fensterbank und sah uns an. »Das ist doch schietegal, was auf den Teetassen gemalt ist, Hauptsache Tee ist drin.«

»Kann ich den Flyer haben?«, bat ich ihn. Der Tag der offenen Tür war eine gute Gelegenheit, den Tatort noch mal zu besuchen, ohne dass ich mir eine Ausrede ausdenken musste. Tante Fanny würde ein Besuch bei dieser Veranstaltung sicherlich gefallen.

Horst war wohl immer noch mit dem Thema *ostfriesische Teetassen* beschäftigt. »Sag deiner Tante, dass die Ostfriesen dreihundert Liter Tee pro Kopf und Jahr trinken, egal aus welcher Tasse.«

»Also mich kannst du nicht dazuzählen«, entgegnete ich, »auf diese Menge komme ich nicht.«

»Ist ja auch nur Statistik«, grinste Horst. »Eigentlich dürfte es in Ostfriesland keinen Menschen geben, der unter Nierensteinen leidet, bei dem Durchfluss.«

»Jetzt hör auf mit dem Quatsch«, schimpfte Netti, »denk lieber dran, dass du noch zur Krankenkasse musst.«

»Kann ich auch morgen machen«, wehrte ihr Mann ab. »Heute ist mir nicht nach Behördenkram.«

Da ich ahnte, dass es wieder zu ellenlangen Diskussionen zwischen Netti und Horst kommen würde, ließ ich die beiden alleine.

Leevke bediente gerade die ersten Gäste im Café. »Moin Emely, hier ist alles paletti. Selma hat gesagt, du möchtest doch bitte mal bei ihr reinschauen.«

»Ja, mach ich sofort.« Zufrieden sah ich mich im

Café Kluntje um. Dieses Sammelsurium aus alten Möbeln, Bücherregalen und Bildern war genau das, was ich mir immer gewünscht hatte. Auf unserem Ostfriesensofa saß, wie immer seit einer Woche, ein Ehepaar aus Duisburg, die jeden Tag je eine Kanne Tee tranken und mindestens drei Stück Kuchen zu sich nahmen. Dabei vertieften sie sich in aller Gemütlichkeit in einen der Kriminalromane, die zahlreich in unseren Bücherregalen zu finden waren.

»Probier mal«, sagte Selma, als ich in ihre Küche kam. Sie hielt mir einen Löffel mit Teig hin. »Ist mir heute Nacht eingefallen.«

Ich ließ mir die Aromen auf der Zunge zergehen. »Ingwer und Zimt … und dann noch … ich komme nicht drauf.«

»Ein Hauch Pfefferminze ist noch drin«, klärte mich unsere Kuchenbäckerin auf. »Ich glaube, das wird unseren Gästen schmecken.«

Ich nickte zustimmend. »Du hast noch nie etwas erfunden, das nicht gut ankam.«

Sie reichte mir eine Liste. »Das muss nachbestellt werden, aber pass auf, dass er dir nicht wieder etwas doppelt berechnet.«

»Das war ein Versehen, kommt bestimmt nicht wieder vor. Er hat es mir fest versprochen.«

Selma brummte noch etwas Unwilliges und widmete sich ihrer Arbeit.

Zuerst rief ich Tante Fanny an und kündigte ihr

an, dass ich sie um Punkt 15 Uhr vom Hotel abholen würde, um zum Hagebuttenhof zu fahren.

»Emely, warum weckst du mich?«, maulte mich anschließend Elaine an, als ich sie anrief. Sie gähnte so herzzerreißend, dass ich befürchtete, ihre Kiefergelenke würden das nicht lange mitmachen.

»Warst du gestern wieder beim Tanzkurs?«, wollte ich von ihr wissen. »Hast du etwas mitbekommen, was mir weiterhelfen könnte?«

Es raschelte eine Weile, Elaine fluchte. »Meine Puschen … ich habe sie doch gestern erst … was hast du gesagt?«

»Ich wollte wissen, ob …«

»Ja, jetzt weiß ich es wieder. Also, Arabella und Josefine haben sich gezankt. Leise, damit es niemand hören sollte. Ich kam gerade vom Klo, die Bürotür stand offen, deshalb habe ich das mitbekommen.«

»Weißt du, weswegen sie Streit hatten?«

»Ich glaube, es ging um Geld. Ich hörte, wie Arabella sagte, dass jetzt alles aus wäre, weil Klaas sich nicht mehr um alles kümmern würde.«

»Und weiter?«

»Nichts weiter. Ich bin zurück zum Tanzen, Kai-Uwe wollte uns unbedingt einen besonderen Hüftschwung zeigen.« Sie seufzte. »Ich habe gar nicht gewusst, dass ich so fürs Tanzen schwärme.«

»Und für den Tanzlehrer«, ergänzte ich, »obwohl er aussieht, wie eine blutarme Handarbeitslehrerin. Du magst doch eher den Typ muskulöser Schwimmlehrer.«

»Emely, du bist fies, echt jetzt«, schimpfte sie, »man muss hinter die Fassade gucken.« Jetzt kicherte sie leise.

»Apropos Fassade, heute Nachmittag ist doch Tag der offenen Tür in der Tanzschule, bist du auch da?«

»Logisch, wir machen eine Tanz-Performance mit Kai-Uwe … lass dich überraschen.« Es rauschte in der Leitung. »Du, ich muss mich jetzt beeilen. Mein Kleid, da muss ich noch … schon so spät!«

Sie legte einfach auf.

Roswitha stand am Hoteleingang, als ich vorfuhr, um Tante Fanny abzuholen. »Deine Tante kommt gleich«, informierte sie mich und drückte eine Zigarette in einem Aschenbecher aus Beton aus, der dezent versteckt hinter einem Holunderbusch stand. »Ich sollte aufhören mit dem Zeugs.«

»Ich habe dich sehr selten rauchen sehen. Eigentlich schon lange nicht mehr.«

Sie nickte. »In letzter Zeit … viel Arbeit.«

»Moin Emely, da bist du ja schon.« Lächelnd stand Tante Fanny in der Tür. »Müssen wir gleich los?«

»Ja, besser wäre es. Wer weiß, wie viele Menschen da aufkreuzen.«

Roswitha winkte uns hinterher, als wir wegfuhren.

»Deine Freundin ist wirklich dürr«, bemerkte meine Begleiterin.

»Roswitha war schon immer so spindeldürr«, erzählte ich. »Wenn ich neben ihr hergehe, komme ich mir immer vor wie ein Heißluftballon.«

»Jetzt übertreib aber mal nicht«, grinste Tante Fanny, »ein bisschen mollig bist du ja, aber ansonsten ist doch alles okay mit dir. Meine Nachbarin hat eine ähnliche Figur wie du. Sie behauptet immer, jedes Pölsterchen wäre so eine Art Botox, nur eben von Natur aus, weil es die Falten von unten aufpolstert. Kostet nix und ist unschädlich.«

»Das tröstet mich«, schmunzelte ich und fuhr auf den Parkplatz des Hagebuttenhofs.

Die Hausfassade war mit bunten Wimpeln geschmückt, üppig bepflanzte Blumenkübel standen entlang des Gartenwegs.

Neben der Eingangstür stand ein Tisch mit Erfrischungen bereit.

»Das ist aber nett, dass ihr kommt.« Josefine van Allen begrüßte uns mit Handschlag. »Dein Rat, mehr an die Öffentlichkeit zu gehen, der war goldrichtig«, flüsterte sie mir zu. »Wir haben jede Menge Neuanmeldungen zu Tanzkursen jeglicher Art.«

»Das freut mich für euch. Wo ist denn deine Schwester?«

»Sie muss irgendwo drinnen sein. Geht einfach rein und amüsiert euch.«

Arabella führte gerade eine Gruppe durch das Haus, als wir die Diele betraten.

»Das sind alles Presseleute«, informierte uns Josefine, die uns gefolgt war. »Am besten geht ihr rüber in den Tanzsaal. Kai-Uwe hat sich mächtig ins Zeug gelegt.«

»Da wird manche Erinnerung wach.« Tante Fanny drückte meinen Arm. »Ach, ich wollte, ich wäre noch mal jung. Diese Möglichkeiten, die sich heute den Tanzschulen bieten.«

Sie wurde ganz sentimental.

»Komm, wir sehen mal nach, was die da hinten so machen«, schlug ich vor und hoffte, dass dies meine Tante auf andere Gedanken bringen würde.

Laut schallte uns Musik entgegen, als wir den großen Raum betraten. Elegant bewegte sich der hagere Tanzlehrer fast schwebend über das Parkett, während er behutsam seine Tanzpartnerin im Arm hielt. Es war nicht Elaine. Die stand nämlich mit sauertöpfischer Miene am Rande der Tanzfläche und starrte Kai-Uwe Heikens wütend an.

»Guck mal, deine hibbelige Freundin«, flüsterte Fanny und stieß mich an.

»Ja, das kenne ich. Wenn sie nicht im Mittelpunkt steht, wird sie griesgrämig.«

Wir sahen eine Weile dem Gehopse zu. »Weißt

du was«, schlug Tante Fanny vor, »ich setze mich jetzt hier hin und du schaust dich alleine um.«

Das war mir ganz recht. Ich verließ den Tanzsaal und lief einen schmalen Gang entlang. Am Ende befand sich ein großes Büro, dessen Tür weit offenstand. Jemand hatte den Raum wohl in großer Hektik verlassen. Überall lagen aufgeschlagene Aktenordner und es standen leere Kaffeebecher herum. Es konnte aber auch sein, dass das dies der normale Zustand in diesem Raum war. Ich brauchte nur an mein eigenes Büro zu Hause zu denken.

Ich vergewisserte mich, dass sich niemand in der Nähe befand, ehe ich hineinging und die Aktenordner, die, wie ich fand, förmlich auf dem Präsentierteller lagen, in Augenschein zu nehmen. Leider war es nur der allgemeine Bürokram, alles alltägliche Dinge wie Rechnungen und Aufstellungen, die in so einem kleinen Unternehmen häufig vorkamen. Enttäuscht ging ich wieder zurück in den Flur.

Die Wände des Ganges waren von oben bis unten mit Fotos bestückt. Fast alle in Schwarz-Weiß. Unter anderem Porträts, Tanzaufnahmen und zahlreiche Gruppenfotos. Hin und wieder war eine kleine Information am unteren Rand des Bildes vermerkt, was dem Betrachter Rückschlüsse auf den Anlass des Fotos ermöglichte.

Und dann entdeckte ich ein Porträt von Klaas de

Witt. Die Aufnahme war zehn Jahre alt, wie mir die Bildunterschrift verriet. Er sah eigentlich ganz gut aus, braungebrannt mit leicht zusammengekniffenen Augen, die Haare leicht ergraut. Beim genaueren Hinsehen bemerkte ich, dass sich ein Muttermal in Form eines ungeraden Dreiecks an seiner Schläfe befand. Er schaute streng und verbittert in die Kamera.

Eine Weile sah ich mich noch unauffällig im Hagebuttenhof um, bis ich auf Tante Fanny stieß, die sich angeregt mit Kai-Uwe Heikens unterhielt.

»Wenn es dir nichts ausmacht, können wir uns verabschieden«, sagte sie zu mir und fasste sich an den Kopf. »Mir schwirrt der Kopf von all diesen Eindrücken.«

»Ja, dann lass uns fahren.« Das war mir ganz recht, denn ich hatte genug gesehen.

Elaine lehnte am Bulli, als wir auf den Parkplatz kamen. Ihr Blick sprach Bände. »Ich fahre mit euch zurück.«

»Bist du nicht mit deinem Auto da?« Suchend sah ich mich um.

»Nee, Taxi.«

»Aber wieso …?«

»Scheiß Kerle«, motzte sie, presste ihre Lippen aufeinander und stieg, ohne ein weiteres Wort zu verlieren, ein.

16

»Die machen wieder großes Tamtam«, meinte Netti. »Ob das überhaupt was bringt? Ich finde das alles ein bisschen übertrieben.«

Ihre Freundinnen nickten zustimmend.

»Vor dem Rathaus ist heute Abend um 18 Uhr eine große Kundgebung geplant«, ergänzte Franziska. »Ich halte ja nichts von solchen Demonstrationen.«

»Von wem redet ihr denn?« Vorsichtig stellte ich das Tablett mit den Torten und dem Tee auf den Tisch. »Wer demonstriert wofür?«

Tabea schüttelte den Kopf. »Die spinnen doch von der Bürgerinitiative. Die wollen mit allen Mitteln verhindern, dass hier noch mehr Ferienwohnungen gebaut werden.«

Jetzt klingelte es bei mir. »Das ist heute? Habe ich doch glatt überlesen.«

Ich servierte den Damen Tee und Kuchen. Am Tresen nahm ich die aktuelle Ausgabe der Ostfriesenzeitung und suchte den entsprechenden Artikel. Ich fand ihn ziemlich weit hinten als kurze Randnotiz. Dort wurde auf die heutige Veranstaltung der Bürgerinitiative hingewiesen. Da musste ich unbedingt hin. Vielleicht ergab sich dort ein Hinweis, ob die Drohbriefe an Klaas de Witt aus den Reihen der Bürgerinitiative stammten.

Harm und Sigi kamen zur Tür rein. Die Zeitung legte ich zur Seite und brachte den beiden Ordnungshütern unaufgefordert je eine Tasse Kaffee. Für Harm, der den Würfelzucker in großen Mengen benötigte, auch noch die Zuckerdose.

»Moin Jungs, was gibt's Neues?«

»Meinst du die Sache mit dem Holländer?«, fragte Harm nach, obwohl er, nach seinem Grinsen zu urteilen, genau wusste, von wem ich sprach. »Nö, nix Neues. Die sind immer noch am Ermitteln.« Würfelzucker Nummer drei versenkte er gerade in seinem Kaffee.

»Das kann auch dauern«, meinte sein Kollege Sigi, »bei den vielen Leuten, die da immer auf dem Hof herumwuseln.«

»Vielleicht solltest du auch mal das Tanzbein schwingen?«, grinste Harm, »da triffst du vielleicht mal eine Trulla, die deinem Schönheitswahn was abgewinnen kann.«

Jetzt musste ich den schönen Sigi mal in Schutz nehmen. »Haare tönen und Hautpflege hat ja nix mit Schönheitswahn zu tun.«

»Ich bekomme von so einem Kram nur Pickel«, beendete Harm die Diskussion.

Ich rief Tante Fanny an, um ihr mitzuteilen, dass ich zu dieser Veranstaltung der Bürgerinitiative vor dem Rathaus gehen wollte. Und wie erwartet, war sie ebenfalls mit Freude dabei.

»Ich hole dich ab«, sagte ich, »wir können zu Fuß hingehen, es ist nicht weit.«

Der Rathausplatz war bereits gut gefüllt, als wir eintrafen. Der offensichtliche Leiter der Bürgerinitiative auf einer kleinen Bühne war gerade dabei, die zahlreichen Zuhörer willkommen zu heißen. Der Sprecher kam mir bekannt vor. Es handelte sich meiner Ansicht nach um einen Zahnarzt aus Bensersiel. Ich kannte ihn nur flüchtig, noch nicht mal der Name fiel mir ein. Wieso legte er sich hier vor Ort so ins Zeug? Hatte Bensersiel nicht seine eigenen Probleme?

Er referierte über die Pläne der Firma *Bauunternehmen Frika*, in Neuharlingersiel einen Ferienpark mit eintausend Gästebetten, einem Vier-Sterne-Hotel, einem Schwimmbad und Golfplatz zu bauen. »Dafür will er über siebzig Millionen Euro in den überdimensionalen Ferienpark am Ortsrand stecken.«

Die Menschen äußerten ihr Missfallen über die Pläne durch Buhrufe und laute Beschimpfungen.

»Und der Ferienpark soll genau dort entstehen, wo das Haus von dem Niederländer steht?«, vergewisserte sich Tante Fanny.

»So steht es hier auf dem Flyer.« Ich hielt ihr das

Papier hin, welches mir eine Frau gerade in die Hand gedrückt hatte.

Der Mann auf der Bühne redete noch über angebliche neue Arbeitsplätze, falsche Tourismusförderung und verwies an die aufgebauten Infostände, an denen interessierte Bürger über diese unsäglichen Pläne des Investors ausreichend Auskunft erhalten würden.

Applaus brandete auf, die Menge verteilte sich und debattierte in kleinen Grüppchen über diese Sachlage.

Meine Tante deutete auf den Redner, der gerade das Mikrofon aus der Hand gelegt hatte. »Kennst du den Mann näher, der sich da so ins Zeug gelegt hat?«

»Er ist Zahnarzt und ich bin ihm schon begegnet«, sagte ich nachdenklich, »aber ich weiß auch nicht mehr, wo das genau war.« Ich angelte mein Smartphone aus der Tasche und googelte *Zahnarzt Bensersiel.*

Es wurden mir drei Praxen angezeigt, eine davon war die Praxis von einem Dr. Hugo Löffelhorst. Jetzt fiel es mir wieder ein. Herr Doktor Löffelhorst hatte sich vor Jahren vehement dafür eingesetzt, in Bensersiel eine Umgehungsstraße zu genehmigen, sodass sich der ganze Verkehr nicht mehr durch den Küstenort quälen musste. Neugierig scrollte ich nach unten und stieß auf den Artikel einer überregionalen Zeitung, in dem berichtet wurde, dass besagter Zahnarzt jahrelang zwei Ferienwohnungen vermietet hatte, ohne die dafür erforderlichen Abgaben inklusive Steuern zu entrichten. Da stellte ich mir doch sofort die Frage: War Herr Doktor Löffelhorst derjenige, der die Papierbuchstaben auf die Drohbriefe geklebt hatte? Aber diese falsche Rechtschreibung? Der Mann erschien mir ein intelligenter Zeitgenosse zu sein. Vielleicht war dies aber auch nur ein Trick, um von ihm abzulenken.

»Ich glaube, das ist Tini Sandhorst«, sagte ich und deutete unauffällig auf eine Frau, die sich gerade mit einem Mann unterhielt. Dabei ruderte sie wütend mit ihren Armen umher.

»Komm, ich kenne sie, vielleicht kann sie uns was erzählen.«

Der Mann hatte sich vor den ausufernden Bewegungen seiner Gesprächspartnerin in Sicherheit gebracht. Tini stemmte die Hände in die Hüften und sah sich anscheinend nach einem neuen Opfer um, um ihren Frust loszuwerden.

»Moin Tini«, lächelte ich sie an. »Ihr habt da ja eine große Veranstaltung auf die Beine gestellt.«

Fanny hatte hinter meinem Rücken Stellung bezogen.

»Die Arschlöcher sind derart uneinsichtig«, schimpfte Tini und deutete in die Richtung, in der ihr vorheriger Gesprächspartner verschwunden war. »Die denken gar nicht an uns, die unbedingt auf die Einnahmen aus der Vermietung der Ferienwohnung angewiesen sind.«

»Du meinst das geplante Feriendorf?«

Sie tippte sich an die Stirn. »Was sollen wir denn mit so vielen Ferienunterkünften? Bis jetzt hat das Angebot hier in Neuharlingersiel gereicht. Wir haben auch unsere Unkosten. Da müssen wir immer hinterher sein, um den Gästen eine angenehme Unterkunft zu bieten, damit sie sich bei uns wohlfühlen. Wir müssen regelmäßig renovieren und anständige Möbel kaufen. Der Strand alleine reicht da nicht, um ein angemessenes Urlaubsfeeling zu bieten.«

»Da sind bestimmt einige deiner Kollegen sehr sauer«, hakte ich nach.

»Das kannst du laut sagen«, stänkerte Tini weiter. »Zwei haben schon aufgegeben, und die Ferienwohnungen dauerhaft vermietet. Das sind natürlich weniger Einnahmen. Aber«, jetzt hob sie die Faust, »das lassen wir uns nicht gefallen. Die sollen mit ihrem ollen Ferienpark bleiben, wo der Pfeffer wächst.«

»Na, die hat ja Feuer unterm Dach«, kommentierte Fanny die Situation, nachdem Tini mit wütenden Schritten abgerauscht war. »Und wenn es ans Eingemachte geht, sind Menschen zu allem fähig.«

»Wenn die Existenz bedroht ist, kommt man auf alle möglichen Gedanken.« Ich war jetzt fest davon überzeugt, dass ein Mitglied der Bürgerinitiative die Drohbriefe verfasst hatte, aber auch einen Mord begehen? Nein, das glaubte ich nicht.

Wir schlenderten noch eine Weile durch die Menschenmenge, bereit, das eine oder andere Detail aufzuschnappen, aber wir erfuhren nichts Neues.

»Komm, wir gehen jetzt zu mir und genehmigen uns ein Stück Torte von Selma«, schlug ich vor, »ich brauche das jetzt für meine gute Laune.«

Tante Fanny sah mich fragend an. »Ist deine Laune im Keller?«

»Ja, ganz tief unten, denn ich weiß nicht, wo ich jetzt noch nachforschen soll.«

»Vielleicht kannst du deine überkandidelte Freundin dazu bewegen, sich noch mal zu einer der Tanzstunden zu begeben, eventuell schnappt sie doch noch etwas Wichtiges auf.«

Wir waren inzwischen im Café Kluntje angekommen. »Jetzt freue ich mich auf etwas Leckeres«, grinste meine Tante.

»Hier ist alles in Ordnung, Emely«, informierte mich Leevke. »Es ist nicht viel los, die Leute sind sicher noch am Strand.«

»Dann haben wir ja noch ein bisschen Zeit, ehe die Gäste später wieder zum Tee kommen.«

Am Fenster saßen zwei junge Paare, die lachten, in Büchern blätterten und sich den Tee schmecken ließen. Auf dem Ostfriesensofa saß Netti und strickte.

»Seit wann sitzt Netti da?« Erstaunt sah ich meine Mitarbeiterin an.

»Seit einer Stunde«, antwortete Leevke. »Sie hat sich wohl wieder mit Horst in den Haaren gehabt.«

Tante Fanny hatte meine Schwiegermutter ebenfalls gesehen und sich sofort zu ihr auf das bequeme Sofa gesetzt.

Nachdem ich Tee und Kuchen für uns besorgt hatte, gesellte ich mich zu den beiden Frauen, die sich bereits angeregt unterhielten. Unterhaltung war eigentlich das falsche Wort. Netti meckerte über das Verhalten ihres Mannes. Tante Fanny hörte mitfühlend zu, indem sie bei jedem Satz zustimmend mit dem Kopf nickte.

»Und, was hat dein Mann jetzt schon wieder gemacht?«, wollte ich von Netti wissen, die ihr Strickzeug beiseitegelegt hatte und uns Tee eingoss.

»Der bringt mich noch um, der Mann«, stöhnte sie und sah genervt an die Decke.

»Es ist doch nur wegen der Brille.« Besänftigend legte meine Tante ihre Hand auf Nettis Arm.

»Also was ist los?«, fragte ich und schob mir einen Bissen Ostfriesentorte in den Mund.

»Stundenlang hat er zugesehen, wie ich meine Lesebrille gesucht habe«, zischte Netti. »Er saß entspannt im Sessel und hat gelesen.«

»Na ja, so schlimm ist das ja nun auch wieder nicht«, meinte ich und ließ mir den Geschmack der Rosinen, die so herrlich nach Branntwein schmeckten, auf der Zunge zergehen. Das ganze Gezanke war ja nichts Neues. Netti und Horst hatten sich schon wegen anderer Kleinigkeiten in der Wolle gehabt.

»Das sagst du so in deinem jugendlichen Leichtsinn, Emely«, empörte sich meine Schwiegermutter weiter. »Ich war so sauer, als ich gemerkt habe, dass er meine Brille auf seiner Nase hatte.«

»Hat er wohl verwechselt.« Tante Fanny zuckte mit den Schultern. »Kann ja mal passieren.«

»Hat er denn nicht gemerkt, dass es die falsche Brille war?«, wollte ich wissen. »Konnte er denn damit lesen?«

»Nee, alles wäre so verschwommen, hat er sich auch noch beschwert. Horst ist aber davon ausgegangen, dass sie nur mal geputzt werden müsste.« Netti grinste jetzt. »Ich kann ja froh sein, dass er nicht mal aus Versehen meinen Büstenhalter anzieht.«

Es wurde noch ein recht vergnüglicher Nachmittag. Tante Fanny erzählte, dass ihr Mann einmal vergeblich versucht hatte, mit der Fernbedienung der Stereoanlage den Fernseher zu starten.

Mein Handy klingelte. Es war meine Schulfreundin Beate, die wir vor der Firma *Frika* getroffen hatten.

»Emely, du wolltest doch mal meinen Chef aus der Nähe sehen, oder?«

Nie im Leben hätte ich gedacht, dass ich noch mal etwas von ihr hören würde. »Ja, will ich immer noch. Hast du einen Tipp für mich, wo ich ihn beobach... sehen könnte?«

»Habe ich. Er ist ab morgen für drei Tage auf der *Bau und- Gartenmesse* in Emden. Dort hat unsere Firma einen Stand. Da kannst du den Chef live erleben.«

Ich bedankte mich bei ihr und lehnte mich entspannt zurück. So schnell kann sich alles ändern. Und schon hatte ich ein weiteres Betätigungsfeld für meine Ermittlungen gefunden.

17

Ich konnte Elaine überreden, noch einmal an einem der Tanzabende mit Kai-Uwe Heikens teilzunehmen. »Lass dich doch nicht so leicht entmutigen. Schließlich und endlich hatte er sich ja sehr um dich bemüht.«

»Ich weiß nicht so recht«, zweifelte sie meine Worte an, »er ist ja doch sehr jung.«

»Seit wann verzichtest du auf einen Flirt? Du bist doch sonst nicht abgeneigt.«

Sie sagte schließlich zu, noch einmal den Hagebuttenhof aufzusuchen. Ich bat sie erneut, die Ohren offen zu halten, denn jede kleine Bemerkung oder belanglose Äußerung der beiden Schwestern konnte wichtig sein.

Inzwischen wollte ich mir überlegen, unter welchem Vorwand ich mich noch mal ganz unverfänglich in der Tanzschule blicken lassen konnte.

Google verriet mir, dass die Messe, an der der Chef der Firma *Frika* höchstpersönlich teilnahm, in der Nordseehalle in Emden stattfinden würde. Daraufhin informierte ich meine Tante, dass ich sie am nächsten Vormittag abholen würde. »Nach dem Messebesuch kann ich dir noch Emden zeigen.«

»Super, ich bin dabei«, freute sie sich. »Ich hätte nicht gedacht, dass mein Besuch in Ostfriesland so ereignisreich sein würde.«

Als ich ankam, standen Tante Fanny und Roswitha hinter der Hecke vor dem Hoteleingang und rauchten. Tante Fanny stieß den Rauch ihres Zigarillos in kleinen Stößen aus ihrem zu einem Kreis geformten Mund. »Ich sollte doch mal meine Rauchgewohnheiten überdenken«, sagte sie nachdenklich, »meine ganze Kleidung riecht nach Rauch.«

»Ich habe immer Textilfrisch in der Tasche«, meinte Roswitha und hielt eine kleine Spraydose hoch. »Ganz geht der Rauchgeruch zwar nicht weg, aber die Klamotten wirken danach wesentlich frischer.«

Sie sah uns an. »Und wo wollt ihr beiden jetzt hin?«

»Nur nach Emden, ein wenig die Gegend erkunden«, erwiderte ich schnell, ehe meine Tante etwas sagen konnte.

»Weiß deine Freundin nichts von deinem Hobby?«

»Meinst du das Mörderische?«

Sie nickte. »Deine Schnuffelei, ja genau, das meine ich.«

»Doch, das weiß sie. Roswitha hat mir auch schon hin und wieder dabei geholfen, aber manchmal ermahnt sie mich, das Ganze nicht zu übertreiben.«

Der Parkplatz der Nordseehalle war fast voll. Mit Ach und Krach fand ich noch ein Plätzchen zwischen einem Betonpfeiler und einer Buchenhecke.

Alles, was das Baugewerbe anzubieten hatte, war in der Ausstellung vertreten. Dachdecker, Malerfirmen und andere Gewerke, die zur Erstellung von Gebäuden nötig waren. Die Firma *Frika* hatte ihren Stand ganz hinten in der Halle aufgebaut. Ein großes Banner mit einer Zeichnung und der Überschrift *Ferienpark Nordsee* fiel mir sofort ins Auge. Auch wenn mein Orientierungssinn meistens zu wünschen übrigließ, konnte ich doch erkennen, dass sich Klaas de Witts Wohnhaus mit Grundstück inmitten dieses Parks befand.

»Das verstehe ich nicht«, flüsterte mir Tante Fanny zu. »Wie kann er damit werben? Ihm gehört ja noch nicht mal das Grundstück, oder?«

»Vielleicht ist er sich sehr sicher, dass er bald der Eigentümer ist«, vermutete ich.

Würde ein Geschäftsmann so weit gehen, den Eigentümer des Grundstücks zu ermorden, nur um ein Bauvorhaben zu realisieren? Aber wie um Himmels willen sollte er das angestellt haben? Genau wie Klaas' Witwe war es dem Investor nach meiner jetzigen Erkenntnis doch nicht möglich gewesen, ungesehen auf das Grundstück des Hagebuttenhofs zu kommen. Andererseits hielten sich dort auch in der Regel Fremde auf. Zum Beispiel Teilnehmer der Tanzkurse, Handwerker oder Touristen, die nach dem Weg fragten oder sich den alten Gulfhof aus der Nähe ansehen wollten. Das ganze Gelände war so weitläufig, dass man sich dort bestimmt ungesehen umschauen konnte. Außerdem war die Haustür den ganzen Tag unverschlossen, somit war das Gebäude jedermann zugänglich.

»Und was sollen die Ferienhäuser in dem Park kosten?« Ein Mann mit rheinischem Dialekt zeigte auf die markierten Häuser auf einer Tafel. »Wahrscheinlich ist man dann gezwungen, an andere zu vermieten, um die Hypothek abzuzahlen?«

»Seien Sie unbesorgt. Wir werden eine eigene Vermietungsfirma eröffnen«, erläuterte der Chef der Firma. Friedor Kannengieser prangte auf einem Namensschild groß und breit an seiner Brust. »Die Eigentümer brauchen sich um nichts zu kümmern. Wir übernehmen das alles«, dozierte er weiter und drückte dem Interessenten einen Stapel Flyer und Zettel in die Hand.

»Gehört Ihnen denn schon das ganze Areal?«, wollte der Rheinländer wissen, nachdem er einen kurzen Blick auf die Infozettel geworfen hatte. »Und wann kann man mit dem Baubeginn rechnen?«

»Wir sind in den letzten Zügen der Verhandlungen. Ein Abschluss steht kurz bevor. Das ist alles nur Formsache.«

»Ob das stimmt?«, flüsterte Tante Fanny. »Der Eigentümer ist tot. Vielleicht verhandelt er jetzt mit der Erbin?«

»Auf alle Fälle ist es dreist, die noch nicht gebauten Ferienhäuser zu verkaufen, ohne dass ihm Grund und Boden gehört.«

Wir hörten noch eine Weile zu, wie Herr Kannengieser und seine Mitarbeiter mit ausschweifenden Worten die Ferienhäuser an den Mann bringen wollten.

»Komm, wir fahren in die Stadt«, sagte ich. »Mir ist nach frischer Luft.«

Am Hafen genehmigten wir uns ein Matjesbrötchen, schlenderten durch die Stadt und machten eine Grachtenfahrt durch die Emder Kanäle.

Als wir zurückkamen, rief ich Elaine an und bat sie, am Abend mit dem Taxi zum Hagebuttenhof zu fahren. »Ich hole dich dann ab. So kann ich mich noch ein wenig umsehen.«

»Ich mache mich jetzt auf den Weg zum Hotel«, informierte mich meine Tante. »Die frische Luft wird mir guttun. Also das kann ich dir versichern, die ganze Bespitzelung der Menschen, um herauszubekommen, was sie wann und an welchem Ort gesagt oder getan haben, finde ich ziemlich anstrengend.« Sie seufzte und schlug die Hände zusammen. »Kind, ich kann dir nur einen Rat geben, such dir lieber ein ruhigeres Hobby.«

»Habe ich alles schon probiert«, versicherte ich

ihr, »aber nichts ist so spannend wie ungeklärte Fälle in meiner Nähe.«

Sie schüttelte mit dem Kopf. »Hoffentlich bekommst du nicht mal mächtig Ärger damit. Obwohl ...«, sie zögerte einen Moment, »spannend ist es ja wirklich, und im Grunde genommen kann ich dich verstehen.«

Ich dachte noch länger über die Worte meiner Tante nach. Aber was sollte ich machen? Die Neugier war eben stärker.

Elaine sendete mir eine Textnachricht, dass sie jetzt auf dem Weg zur Tanzstunde wäre und bat mich, sie pünktlich abzuholen, denn sie hätte am nächsten Morgen einen Termin bei ihrer Kosmetikerin, den sie unbedingt wahrnehmen müsste.

Teelse schwang ihr Staubtuch, nachdem der letzte Gast das Café verlassen hatte. »Ich komme ja lieber morgens früh«, nuschelte sie, »aber im Moment bringe ich meine zwei Enkel in den Kindergarten, weil meine Schwiegertochter Migräne hat.« Sie verzog das Gesicht. »Früher hieß das ja einfach Kopfweh. Kalten Lappen auf die Stirn und fertig war die Angelegenheit.«

Ich verzichtete darauf, sie aufzuklären, dass Kopfschmerzen und Migräne zwei völlig verschiedene Dinge waren, aber das ersparte ich mir. Unsere Putzfee hatte da so ihre eigenen festgefahrenen Ansichten.

Überpünktlich machte ich mich auf den Weg

zum Hagebuttenhof. Schließlich wollte ich mich dort noch einmal in aller Ruhe umsehen.

Die Tanzstunde war noch in vollem Gange, die Musik drang bis in den Garten. Vor meinem geistigen Auge sah ich Elaine, wie sie schmachtend in Kai-Uwes Armen hing und den Blues in vollen Zügen genoss.

Arabella und Josefine fand ich auf der Terrasse sitzend vor. Sie tranken Limonade.

»Moin Emely, komm, setz dich«, bat Arabella und schob mir ein Glas mit dem erfrischenden Getränk rüber.

»Wie kommen wir zu der Ehre deines Besuchs?«, wollte Josefine wissen. Klang das nicht ein wenig bissig?

Ich setzte mich und trank das Glas in einem Zug leer. »Es ist abends schon ziemlich warm.« Was Besseres fiel mir in diesem Moment nicht ein.

»Na ja ... geht so.« Arabella hielt den Blick gesenkt.

»Josefine, wo ist denn deine Tochter Henriette? Ich habe sie länger nicht gesehen.« Irgendwie musste ich ja das Gespräch in Gang bringen. Beide Schwestern wirkten irgendwie verklemmt.

»Sie hat viel zu tun. Klavierunterricht und Sport. Jetzt gerade ist sie auf Klassenfahrt nach Alkmaar«, antwortete Josefine und betrachtete ihre Fingernägel.

Ich wandte mich Arabella zu. »Hast du schon etwas von Klaas' Familie aus den Niederlanden gehört? Ich meine wegen der Beerdigung?«

Arabella stieß einen unwillig klingenden Laut aus. »Die können mich mal. Die ganze Verwandtschaft soll sich um das Haus und auch um den ollen Kutter im Hafen kümmern. Ich rühre da keinen Finger. Mir sagt ja keiner was.«

»Was für einen Kutter?«, fragten Josefine und ich fast gleichzeitig.

Die Lebensgefährtin von Klaas de Witt presste ihre Lippen zusammen »Er hat ihn vor ein paar Monaten aus Delfzijl hier nach Neuharlingersiel gebracht«, erklärte sie dann. »Was er genau mit dem ollen Ding wollte, weiß ich auch nicht. Ich war noch nie dort.«

Das war ja mehr als interessant. »Hat er denn mit dem Schiff mal den Hafen verlassen?«

»Nicht, dass ich wüsste«, entgegnete Arabella. »Mir auch egal, er hatte eben seine Geheimnisse.«

Josefine hob erstaunt die Augenbrauen, sagte aber nichts.

Arabella wirkte auf einmal nervös. »Mein Seidenschal ist weg. Josefine, hast du ihn irgendwo gesehen? Seit zwei Tagen suche ich den schon.«

»Hab ich nicht. Wann hast du ihn das letzte Mal gesehen?« Josefine sah ihre Schwester streng an.

»Das muss schon Wochen her sein.«

»Kauf dir einfach einen neuen«, schlug ihre Schwester vor.

»Du hast gut reden, der war sündhaft teuer.«

Arabella überlegte einen Moment. »Ich befürchte, dass ich ihn in Klaas' Haus gelassen habe. Ich geh da aber nicht mehr hin.« Sie hob schaudernd die Schultern. »Irgendwie ist das zu gruselig ... jetzt wo Klaas nicht mehr lebt.«

»Da wird dir aber nichts anderes übrigbleiben«, zischte Josefine. »Ich geh da auf keinen Fall alleine hin.«

»Emely«, Arabella sah mich an, »kannst du mit Josefine hingehen und nachsehen? Der Schlüssel liegt in einer alten Blechdose neben der Hintertür.«

»Das ist ja ein interessantes Versteck«, stänkerte Josefine und sah mich unschlüssig an.

»Wenn dann jetzt gleich«, sagte ich schnell. »Arabella, kannst du bitte Elaine sagen, dass wir gleich zurück sind?«

»Ja, geht klar ...«

Josefine setzte sich nur widerwillig in den Bulli. »Wenn meine Schwester sich was in den Kopf setzt, müssen wir alle die Hacken zusammenschlagen und spuren. Sie führt sich manchmal auf wie eine Filmdiva.«

Wortlos schlug ich die Richtung zum Haus des Niederländers ein.

Josefine fand den Hausschlüssel in der Blechdose und schloss die Haustür auf. »Alles dunkel ...«

Wir stolperten durch den Flur zur Wohnzimmertür. »Einen Moment ...«, sagte Josefine. Ich blieb wie angewurzelt stehen, hörte Schritte, dann ein leichtes Rumpeln. Plötzlich ging das Deckenlicht an.

Josefine sah sich im Raum um. »Hier ist kein Schal. Ich sehe mal oben nach.«

Es hatte sich seit unserem letzten Besuch nichts verändert. Alles lag noch so, wie Tante Fanny und ich es vorgefunden hatten.

»Hier ist wirklich kein Schal«, stellte Josefine fest, als sie plötzlich neben mir stand. »Lass uns abhauen. Sie soll sich einen neuen kaufen. Was soll der Geiz?«

Den Schlüssel schob sie wieder in die Dose. »Schnell weg hier. Ich mag dieses Haus nicht.« Eilig lief sie zum Auto.

18

»Du bist echt ein Herzchen«, murrte Elaine und ließ sich am nächsten Vormittag auf einen Stuhl in meinem Büro fallen. »Erst sagst du, ich soll mit dem Taxi fahren und dann lässt du mich einfach da sitzen.«

Schuldbewusst zuckte ich mit den Schultern. »Tut mir wirklich leid, aber das hat sich alles kurzfristig ergeben.« In kurzen Worten erklärte ich ihr den erforderlichen Besuch in Klaas' Haus. »Das war die einmalige Gelegenheit, mich da noch mal umzusehen.«

»Und hat es dir was gebracht?« Mit bedächtigen Bewegungen ordnete sie die Falten ihres apricotfarbenen Leinenrocks.

»Nein, nicht wirklich«, musste ich gestehen. »Wie bist du denn gestern Abend nach Hause gekommen?«

Auf ihrem Gesicht machte sich ein seliges Lächeln breit. »Kai-Uwe war so freundlich und hat mich nach Hause gebracht.«

»Deinem Gesichtsausdruck nach zu urteilen, ist er nicht sofort wieder weggefahren.«

»Heute Morgen um fünf habe ich ihn gebeten,

zu gehen. Ich wollte nicht, dass er mich bei Tageslicht mit spärlicher Bekleidung sieht.« Sie holte tief Luft. »Es ist schon was anderes, ob man die Orangenhaut am Oberschenkel bei Dämmerlicht mit den Fingern abtastet, oder sie bei grellem Sonnenschein zu Gesicht bekommt.«

»Dann habe ich dir ja einen Gefallen getan«, bemerkte ich mit einem Grinsen.

Elaine sprang auf. »Auf alle Fälle war das eine glückliche Fügung. Dieser Mann hat ein Gefühl für Stimmungen ... für Musik und auch für Frauen, wie ich feststellen konnte.«

Ich bedankte mich noch mal bei ihr für ihren selbstlosen Einsatz.

»Gern geschehen.« Elaine warf mir eine Kusshand zu und verschwand, leise eine Melodie vor sich hin summend.

»Emely, hast du sowas schon mal gesehen?«, fragte mich Selma, als ich in die Küche kam. Sie hielt mir einen Schneebesen hin, dessen Griff total verbogen war.

»Den habe ich doch gerade erst gekauft, oder?« Erstaunt sah ich mir das krumme Ding an.

Sie warf das Küchengerät in den Mülleimer. »Der ist totaler Mist. Egal, wo du ihn erstanden hast, da gehst du nicht wieder hin. Ich dachte schon, ich hätte übersinnliche Kräfte.« Sie zog die Schublade des Küchenschranks auf. »Zum Glück habe ich den alten Schneebesen aufgehoben.«

»Das war dann wohl ein Fehlkauf.«

»Heutzutage ist das alles nur noch billig gemacht«, beschwerte sie sich weiter. »Zu Hause habe ich Küchenutensilien, die hat meine Mutter zur Hochzeit bekommen, die funktionieren immer noch.«

Da konnte ich ihr nur recht geben.

Harm und Sigi trafen zu ihrer gewohnten Kaffeepause ein. Ich verzichtete darauf, sie nach Neuigkeiten zu fragen, denn Harm schüttelte schon beim Betreten des Cafés unmerklich mit dem Kopf.

Er bat, nachdem sie Platz genommen hatten, um ein Stück Ostfriesentorte. »Ich hatte heute noch kein Frühstück.«

Sigi richtete seinen Blick auf den leichten Bauchansatz seines Kollegen. »Ich esse morgens nur Müsli mit Obst, das setzt nicht an.«

»Aber man bekommt davon schlechte Laune«, kommentierte ich Sigis Ernährungshinweis, »bei mir ist das jedenfalls so.«

»Alles Quatsch mit dem Müsli, alles total überbewertet«, meinte Harm und genoss die sahnige Torte, die ich ihm serviert hatte. »Emely, bring mir doch noch eins von Selmas Ananastörtchen.« Er zwinkerte seinem Kollegen zu. »Man muss die Feste feiern, wie sie fallen.«

Während meiner späteren Büroarbeit erwog ich kurz, Bertus anzurufen. Aber dann entschied ich mich dagegen. Er hätte mich schon längst informiert, wenn seine ehemaligen Kollegen Fortschritte im Fall de Witt gemacht hätten. Er war wahrscheinlich wieder auf Dauerbesuch bei seinem Urologen.

Den ganzen Nachmittag ging mir der gestern von Arabella erwähnte Kutter nicht aus dem Kopf. Wahrscheinlich hatte de Witt dort auch noch ein paar private Dinge verwahrt. Eventuell würde eine Besichtigung des Kutters ein wenig Licht in die ganze Sache bringen.

Nach Feierabend beschloss ich, der Sache nachzugehen. Betont gelassen schlenderte ich am Hafen entlang und versuchte herauszufinden, welches Schiff das Eigentum von Klaas sein könnte.

»Moin Emely. All up Stee?« Ubbo Hinrichs lehnte an einer Straßenlaterne und kaute auf seiner Pfeife herum. »Du brauchst sicher auch ein bisschen frische Luft, was?«

Ich kannte ihn nur flüchtig. Meine Mutter und sein Vater hatten früher mal zusammen bei der Kurverwaltung gearbeitet. »Ja, den ganzen Tag im Haus ... die Luft ist so klar.«

»Joo, dann mal noch ,nen schönen Tag.«

»Ach sag mal Ubbo, hier soll der Kutter von Klaas den Witt liegen. Weißt du, welcher das ist?«

»Meinst du den Holländer, den man ...« Seine Hand machte am Hals entlang eine entsprechende Bewegung. »Der ist ja nun tot. Was damit jetzt wird, weiß kein Mensch. Der war auch nicht so oft hier.«

»Welcher Kutter ist es denn?«

Er drehte sich um und zeigte auf das letzte Schiff, welches an der Kaimauer lag. »Dahinten der Blaue mit der niederländischen Fahne.«

»Ach ja, mit der Fahne ... hätte ich mir ja denken können.«

Ubbo zuckte zusammen. Sein Mobiltelefon in der Hosentasche klingelte. »Dieser neumodische Scheiß. Man hat nie seine Ruhe, aber meine Frau besteht darauf, dass ich immer erreichbar bin.«

Während Ubbo mit seiner Angetrauten sprach, lief ich weiter und blieb vor Klaas' Schiff stehen. Unauffällig sah ich mich um, ob jemand Notiz von mir genommen hatte. Ungelenkig balancierte ich über den schmalen Steg auf das Boot zu und öffnete die unverschlossene Tür.

Der Innenraum war erstaunlich aufgeräumt. Die Holzverkleidung war glänzend lackiert. Auf einer Sitzbank lagen mehrere gestreifte Kissen. Der Niedergang zu den weiteren Räumen war schmal. Sogar ich musste den Kopf einziehen. Es gab eine Zweibettkabine, eine winzige Nasszelle und eine weitere kleine Kammer. Auf einem kleinen Bord lagen ein silberner Armreif und zwei kleine Handtücher, die mit einer Spitzenbordüre verziert waren. An der Innenseite der Kabinentür hing ein dünner, weißer Bademantel. Das waren eindeutig weibliche Utensilien, aber auch das Einzige, was auf die Anwesenheit einer Frau hindeutete.

Es roch ein wenig muffig. Kein Wunder, hier hatte wahrscheinlich schon lange niemand mehr gelüftet. In dem schmalen Einbauschrank befanden sich ein paar Männerkleider. Auf dem Schrankboden fand ich einen Karton mit einigen Unterlagen und Fachzeitschriften über Architektur.

Ich wollte gerade den Karton samt Inhalt wieder zurückstellen, als eines der Hefte wegrutschte und ein amtliches Dokument herausfiel. Ich ging an das kleine Fenster, um besser sehen zu können. Es war die Geburtsurkunde von Josefines Tochter Henriette. Weiter unten stand: Mutter Josefine van Allen, Vater Joost van Allen.

Schnell schoss ich ein Foto von der Urkunde mit meiner Handykamera, legte das Dokument wieder zwischen die Heftseiten und verließ den Kutter von Klaas de Witt.

19

Netti saß in meiner Küche, als ich nach Hause kam. »Annalotta hat mich reingelassen.«

»Ist sie schon wieder weg?«

»Ja, gerade eben. Emely, kannst du Horst nach Emden fahren?«

»Jetzt gleich?«

»Nein, in ungefähr vier Wochen«, winkte sie ab. »Er bekommt so einen Ultraschalldings ... frag mich nicht, aber der Doktor sagt, er soll dahingehen.«

»Natürlich fahre ich euch, sag mir aber kurz vorher noch mal Bescheid, damit ich es nicht vergesse.«

»Das ist nett von dir.« Sie tätschelte mir den Arm. »Ich geh mal wieder rüber.«

Nachdem Netti gegangen war, ließ ich mir ein Entspannungsbad ein. Das warme Wasser tat gut. Ich spürte richtig, wie sich meine Muskeln lockerten. Aber die kreisenden Gedanken in meinen Kopf konnte ich natürlich nicht ausschalten. Es gab zu viele Fragen ohne Antworten.

In welcher Beziehung standen Josefine und Klaas zueinander? Hatte der Architekt Josefine im

Sorgerechtsstreit mit ihrem Mann beraten und deshalb die Geburtsurkunde von Henriette an sich genommen? Josefine hatte sowas ja nebenbei erwähnt. Das leuchtete mir nicht ganz ein, denn Klaas de Witts Fachgebiet war das ja auch nicht. Eventuell hatte er sie als Freund unterstützen wollen. Dann hatten Josefine und Klaas also mehr Kontakt, als sie nach außen hin zugeben wollten.

In Gedanken spielte ich den Besuch in Begleitung Josefines in Klaas' Haus noch einmal durch. Also, wie war das noch mal? Ohne zu zögern, hatte sie den Schlüssel aus der Blechdose geholt und aufgeschlossen. Na ja, das war noch kein Beweis, denn Arabella hatte gesagt, wo wir den Schlüssel finden konnten. Aber weiter ... Zielstrebig hatte sie den Flur durchquert und das dunkle Wohnzimmer betreten, als ob sie genau wusste, wo es langging.

Was hatte uns Gemma de Witt noch gleich über das Haus erzählt? Dutzende Mal hätte ihr Mann das Haus in Neuharlingersiel um- und ausgebaut. Türen zugemauert und einen neuen Eingang zur Wohnstube geschaffen. Der Lichtschalter wurde dabei jedoch nicht verlegt und befand sich jetzt neben einem Schrank, wo ursprünglich die Wohnzimmertür gewesen war.

Ohne zu zögern, war Josefine zu dem Lichtschalter neben dem Schrank gegangen und hatte das Licht eingeschaltet.

Woher wusste sie, wo sich der Lichtschalter befand, wenn sie niemals in diesem Haus war? Also konnte ich daraus schließen, dass sie schon mindestens einmal in Klaas de Witts Haus gewesen war. Warum hatte sie das nicht gesagt?

Das Handtuch, welches ich mir in den Nacken gelegt hatte, rutschte ins Wasser. Egal, es war sowieso Zeit, die Wanne zu verlassen. In den Bademantel gehüllt rieb ich meine Füße mit Schrundensalbe ein, wobei ich mich schon sehr bemühen musste, meine Zehen zu erreichen.

Das warf ja ein ganz neues Licht auf die Sache. Ist Klaas de Witt nur ein Zufallsopfer gewesen?, überlegte ich weiter. Die Haustür des Gulfhofs war tagsüber nicht verschlossen, der Eingang zum Keller lag unmittelbar neben der Haustür, noch vor dem Treppenaufgang, der in den ersten Stock führte. Es war also gut möglich, dass im Wirrwarr des Alltags einer Tanzschule jemand ungesehen in den Kelleraufgang vordringen konnte, um ein Seil, welches einen Sturz verursachen sollte, anzubringen.

Den Bauunternehmer schloss ich in meinen Gedanken schon mal aus. Gut, er war scharf auf das Gelände, aber er hätte sich vorab um die privaten Besitzverhältnisse und etwaige Erben von Klaas kümmern müssen und dann jemanden beauftragen, für den Tod des Hausbesitzers zu sorgen. Das schien mir doch ein wenig weit hergeholt.

War es möglich, dass Arabella oder Josefine das eigentliche Opfer sein sollten? Wollte jemand die Tanzschule ruinieren? Denn weder Arabella noch Josefine hätten das Unternehmen einfach so weiterführen können. Eins war mir jetzt klar: Ich war keinen Schritt weitergekommen.

Ziemlich frustriert machte ich mich über das letzte Stück Lasagne im Kühlschrank her, genehmigte mir noch eine Tasse Kakao und nahm mein Sofa in Beschlag. Während ich durch das Fernsehprogramm zappte, überlegte ich, wie ich jetzt weiter vorgehen könnte, denn ich hasste unaufgeklärte Sachen.

Gerade war ich eingenickt, als ich eine Textnachricht von Bertus erhielt. Er teilte mir mit, dass er mich morgen Früh einmal aufsuchen würde. Meine Zuversicht kehrte schlagartig zurück. Vielleicht konnte er mir etwas Neues berichten.

Müde schaltete ich den Fernseher aus und schrak zusammen. Mein Sohn stand mit jämmerlichem Gesicht in der Tür. »Ich habe solche Bauchschmerzen«, stöhnte er und ließ sich in einen Sessel fallen.

»Hast du was Schlechtes gegessen?« Ich legte meine Hand auf seine Stirn, die sich aber nicht heiß anfühlte.

Wilko zuckte die Schultern. »Ich habe gekotzt, aber warum weiß ich nicht.« Er beugte sich nach vorne und stöhnte wieder.

»Ich fahre dich ins Krankenhaus«, sagte ich und zog mich schnell an.

Die zwanzig Kilometer zum Wittmunder Krankenhaus legte ich in rasender Geschwindigkeit zurück. Wilko wurde sofort untersucht und in den OP geschoben. Es war der Blinddarm.

20

Gegen halb sieben am nächsten Morgen kam ich zurück. Mein Sohn hatte alles gut überstanden. Ich hatte an seinem Bett gesessen und ihm die Hand gehalten. Erst jetzt durchfuhr mich der Schreck und die Erkenntnis, dass sich das Leben von heute auf morgen verändern konnte. Die Umstände des Unfalltodes von Gero, dem Vater meiner Zwillinge, hatte ich im Laufe der Jahre in meinem Gedächtnis ganz nach hinten geschoben.

Annalotta hatte von all dem nichts mitbekommen. »Ich habe mich aber eben gewundert, dass Wilkos Zimmertür offen stand. Mein Bruder verrammelt seine Bude nämlich immer wie ein Schutzwall.«

Nach drei Tassen Kaffee fühlte ich mich einigermaßen fit und ging nach unten. Selma war schon da und bearbeitete einen Klumpen Mürbeteig, indem sie ihn wieder einmal derart heftig knetete, als wäre er ihr Feind. Sie hatte wohl meinen skeptischen Blick gesehen.

»Ich stelle mir immer meine Schwiegermutter vor, die war nämlich ein Biest.« Sie holte aus und schlug mit der Faust auf den Teigklumpen.

»Deine Schwiegermutter?«, fragte ich nach. »Lebt die noch?«

»Zum Glück nicht, sonst hätte ich vielleicht …« Der Teigklumpen fiel nun aus mindestens fünfzig Zentimeter Höhe auf das Brett. »Ich habe ja bei all ihren Entgleisungen immer Rücksicht genommen, es war ja Fridjofs Mutter.« Sie hielt einen Moment inne, als müsste sie sich erinnern. »Einmal, es ist bestimmt schon vierzig Jahre her, hat sie uns besucht. Ich war sauer, weil sie sich immer selbst eingeladen hat. Sie kam also rein, ließ ihren prüfenden Blick durch den Raum gleiten und hat, ohne ein Wort zu sagen, die kleine Gießkanne von der Fensterbank genommen und unsere Grünpflanzen gegossen.«

»Das ist ja echt unverschämt.« Ich stibitzte mir ein Ananastörtchen, welches einsam und alleine auf einer Kuchenplatte neben dem Herd stand. Dies war meiner Ansicht nach eine reine medizinische Maßnahme, denn eine gewisse Zuführung von Kalorien hatte schon in der Vergangenheit dazu geführt, dass ich mich nach einer Weile besser fühlte. »Hat dein Mann dazu etwas gesagt?«

»Nein, hat er nicht.« Selma bearbeitete den Teig nun mit einem Nudelholz. »Ich habe aber was gesagt, und zwar ihn vor die Wahl gestellt: entweder sie oder ich.«

»Das ist aber gemein«, nuschelte ich und schob mir den letzten Tortenbissen in den Mund. »Der arme Mann.«

Jetzt grinste Selma. »Es hat sich danach einiges geändert. Fridjof muss ein ernstes Wort mit seiner Mutter geredet haben. Sie kam danach nur noch auf Einladung und hat sich vorbildlich benommen.«

»Manchmal ist es gut, wenn man den Mund aufmacht.«

Wir besprachen noch ein paar Einzelheiten wegen der nötigen Bestellungen. Mit einem guten Vorsatz setzte ich mich in meinem Büro an den Schreibtisch, aber ich wusste sofort, dass ich mich nicht konzentrieren konnte.

Wilko rief an und teilte mir mit, dass er wahrscheinlich am übernächsten Tag schon wieder entlassen würde. »Mir geht es so gut, als wäre nichts gewesen.«

Ich informierte Tante Fanny über Wilkos Operation. »Dann fahre ich heute noch hin. Mit dem Bus ist das kein Problem. Wir sehen uns heute Nachmittag. Netti hat mich wieder zu den Teeschwestern eingeladen.«

Elaine und Harm stürmten zehn Minuten später fast gleichzeitig mein Büro. »Was ist denn mit euch los?«

»Ich habe Zeit«, trällerte sie und setzte sich. »Harm hat es bestimmt eilig.«

Der Ortspolizist trat von einem Bein auf das andere. »Eigentlich wollte ich mit Emely …« Er sah meine umtriebige Nachbarin an, die machte aber keinerlei Anstalten, sich zurückzuziehen.

»Ist ja auch schietegal«, meinte er dann und lehnte sich an ein Regal. »Ich brauche mal euren Rat.«

»Aha …« Elaine hatte sich nach vorne gebeugt, um ja kein Wort zu verpassen.

Harm druckste einen Moment herum, bevor er loslegte. »Vor ungefähr vier Monaten habe ich eine super Frau kennengelernt. Sonja aus Recklinghausen …« Er formte in der Luft mit beiden Händen die weibliche Silhouette. »Sie sieht echt gut aus und hat was auf dem Kasten, aber …«

»Aber die mag keinen Zucker im Kaffee«, unterbrach ich Harm und hielt mir dann erschrocken den Mund zu.

»Emely, ich meine das jetzt ernst …«

»Sorry, erzähl weiter …«

»Wir haben uns nicht so oft gesehen«, fuhr er fort, »alle zwei bis drei Wochen.«

»War dir das zu wenig?«, wollte Elaine wissen.

Harm grinste. »Nee, das war gut so, ich mag es nicht so eng. Vor einer Woche war sie hier in Ostfriesland und hat gebeichtet, dass sie mit fünfunddreißig verheiratet sein muss, weil die biologische Uhr für eine Mutterschaft ab dann besonders laut tickt.«

Ich kannte das, denn ich war auch nicht mehr ganz jung, als meine Kinder geboren wurden. »Und wie alt ist sie jetzt?«

»In einem Monat hat sie Geburtstag, den fünfunddreißigsten.«

»Warum sind Männer nur so umständlich?«, meinte Elaine. »Sag ihr doch einfach, dass du keine feste Bindung willst.«

Harm wiegte seinen Kopf hin und her. »Hab ich ja, aber das nimmt sie nicht so ernst.«

Elaine war jetzt aufgesprungen. »Aber wo liegt das Problem? Mach doch Schluss. Dann hat sich die Sache erledigt.«

»Das kann ich nicht.« Er wirkte verzweifelt. »Sie ist wirklich nett. Ich würde sie nur vor den Kopf stoßen.«

In gespielter Verzweiflung hob Elaine die Hände. »Dann sag ihr, dass du mit Platzpatronen schießt, dann macht sie nämlich von sich aus Schluss und du bist aus dem Schneider.«

Es dauerte eine Weile, bis Harm und ich begriffen hatten, was sie meinte. »Elaine, meinst du, dass er behaupten soll, dass er keine Kinder zeugen kann?«

»Na endlich«, grinste sie, »ihr steht aber auch heute echt auf der Leitung.«

»Der Vorschlag ist gar nicht so übel, aber darüber muss ich nachdenken«, murmelte Harm und schlich nach draußen.

»Es geht doch nichts über den Ratschlag einer erfahrenen Frau.« Elaine sagte das nicht ohne Stolz.

»Und was macht dein Liebesleben?«, wollte ich von ihr wissen. »Bist du immer noch mit Kai-Uwe zugange?«

Sie zuckte mit den Schultern. »Wenn ich ehrlich bin, ist er ja schon ein bisschen langweilig. Wir werden sehen.« Ihr Blick fiel auf die Wanduhr über der Tür. »Mein Gott, der Kosmetiktermin. Bis dann …« Mit Karacho fiel die Tür hinter ihr ins Schloss.

Entgegen meiner Erwartung schaffte ich eine ganze Menge Arbeit, als Bertus an die Tür klopfte. »Emely, stör ich?«

»Nein, auf keinen Fall. Ich habe ja schon auf dich gewartet.« Ich sprang auf und hätte ihn am liebsten umarmt, aber ich wusste, dass der Ex-Kommissar solche Anwandlungen gar nicht schätzte.

»Setz dich doch bitte.« Mit einem leichten Stöhnen ließ er sich nieder und zückte sein Notizbuch. »Du bist sicher wissbegierig, was den Fall de Witt angeht.«

»Das kannst du wohl laut sagen.«

»Also Folgendes … die Kollegen haben den Bauunternehmer Friedor Kannengieser befragt. Er war bereits zehn Tage vor dem Treppensturz in Thailand im Urlaub. Somit hat er ein unumstößliches Alibi. Soweit die Kollegen das erfahren haben, hat er inzwischen von den Plänen, hier in Neuharlingersiel ein Feriendorf zu errichten, abgelassen und baut das jetzt an der Ostsee.«

»Könnte es nicht sein, dass er jemanden beauftragt hat, Klaas de Witt zumindest zu schaden?«

Bertus schüttelte den Kopf. »Das ist unwahrscheinlich, denn den Standort an der Ostsee hat er parallel zu dem hiesigen Standort geplant. Er war also nicht unbedingt auf das Grundstück von de Witt angewiesen. Es hätte ihn zwar geärgert, dass er nicht weiterkam, so seine Aussage, deshalb klingen seine Anschreiben etwas … sagen wir mal sehr unhöflich.«

»Der hat also nichts damit zu tun«, stellte ich fest. »Und was ist mit der Bürgerinitiative? Die sind alle ganz schön sauer auf de Witt gewesen.«

»Da hat wohl jemand im Überschwang seiner Gefühle solche Buchstabenbriefe erstellt und geschickt.« Bertus schlug eine weitere Seite in seinem Buch auf. »Die Witwe Gemma de Witt ist jetzt Eigentümerin des Hauses und des restlichen Vermögens.« Er ließ das Buch sinken. »Das ist auch ein Grund, warum die Briefschreiber nicht wirklich im Verdacht stehen, denn sie hätten sich ja auf alle Fälle mit der Erbin auseinandersetzen müssen.«

»Ja, das leuchtet mir ein.« Alle Verdachtsmomente hatten sich in Luft aufgelöst.

»Du bist also auch nicht weitergekommen?«

Ich schüttelte den Kopf. »Viel konnte ich ja nicht unternehmen, eigentlich nur die Verdächtigen beobachten.«

Meinen Besuch auf Klaas de Witts Kutter erwähnte ich selbstverständlich nicht.

Bertus erhob sich schwerfällig. »Ich habe noch einen Termin zur Krankengymnastik.« Er dehnte seinen Rücken. »Es ist zum Mäusemelken mit den Knochen.« Er sah mich an. »Es tut mir leid, dass ich dir nicht mehr sagen konnte, aber in diesem Fall muss etwas anderes dahinterstecken.« Er humpelte jetzt zur Tür und drehte sich nochmal um. »Meistens liegt die Lösung des Falls im nahen sozialen Umfeld des Opfers.«

Noch lange dachte ich über den letzten Satz von Bertus nach. Mit großer Wahrscheinlichkeit würde ich eine Antwort auf meine Frage, wer für den Tod von Klaas de Witt verantwortlich war, auf dem Hagebuttenhof finden.

21

»Mann, bin ich froh, wieder zu Hause zu sein«, freute sich Wilko und warf seine Tasche in die Ecke. »Ich hau auch gleich wieder ab. Christian hat Geburtstag und ich will schnell hin.«

Ich ließ ihn ziehen. Erstens war er alt genug und schien sich bester Gesundheit zu erfreuen. Das war für mich das Wichtigste.

Während ich meine Alltagstätigkeiten verrichtete, ging ich in Gedanken nochmal alles durch, was ich über den Tod von Klaas de Witt wusste. Auf alle Fälle war er zu seiner Verlobten nicht ehrlich gewesen und hatte ihr nie erzählt, dass in den Niederlanden seine Ehefrau saß. Dann war da noch Josefine. Sie kannte Klaas wohl näher, als sie offenlegen wollte. War sie die Besucherin auf dem Kutter? Und wusste Arabella davon, dass Klaas ihre Schwester im Prozess gegen ihren Ex-Mann unterstützt hatte? Ich sah aber bei ihr weit und breit kein Mordmotiv, wenn man mal von der gekränkten Eitelkeit, nicht geehelicht zu werden, absah. Die Verfasser der Drohbriefe und der Bauunternehmer schieden laut Bertus' Ex-Kollegen aus.

Eventuell ergab sich noch mal eine günstige Gelegenheit, die es mir ermöglichte, mich auf dem Hagebuttenhof umzusehen und das eine oder andere Gespräch mit den Bewohnern dort zu führen.

Ich musste mich geschlagen geben, dass ich dieses Mal nicht hinter alle Geheimnisse gekommen war. Auch damit musst du leben, Emely, tröstete ich mich selbst und durchforstete das neue Heft der Volkshochschule nach einem neuen Hobby, das mich in Zukunft ausfüllen könnte.

Das Kratzen in meinem Hals wurde immer schlimmer. Selma bereitete mir einen Kamillentee zu, den ich nur mit Widerwillen herunterbekam.

»Mach mal einen kalten Halswickel«, empfahl mir die Kuchenbäckerin, »dann beruhigt sich das alles.«

»Meinst du, diese Hausmittel helfen überhaupt?«, zweifelte ich.

»Klar, so haben wir uns früher immer beholfen. Bei Entzündungen an irgendeinem Gelenk einfach Quark drauf, das hat die Wärme rausgezogen. Oder meine Oma …«, sie zeigte auf ihren Unterschenkel, »die hatte immer offene Beine. Da wurden einfach die Blätter von einem Weißkohl so lange mit dem Nudelholz gewalkt, bis der Saft austrat. Anschließend wickelte sie sich das Blatt auf die Wunde am Bein. Und ob du es glaubst oder nicht, das hat immer geholfen.«

Skeptisch legte ich mir am Nachmittag ein Handtuch um den Hals, welches ich vorher zwanzig Minuten in die Kühltruhe gelegt hatte. Außer, dass mein Nacken sich von da an weigerte, sich zu bewegen, geschah nichts. Es war also besser, ich ging auf Nummer sicher.

Auf dem Weg zur Apotheke lief ich Ubbo Hinrichs in die Hände. »Siehst Emely, jetzt ist er weg.«

Ich verstand nicht ganz. »Wer ist weg?«

»Der Kutter, den du gesucht hast. Heute Morgen hat er den Hafen verlassen. Die Witwe war hier und hat dem Käufer alle Papiere übergeben. Sie hat ihn wohl verkauft.«

Ich sah zu der jetzt leeren Stelle am Hafen, wo Klaas seinen Kutter festgemacht hatte.

»Das ging aber schnell«, krächzte ich und zog meinen Schal fester um den Hals.

»Das sach mal …« Er schob seine Pfeife vom rechten Mundwinkel in den linken. »Ich dachte immer, Klaas wäre mit der Hupfdohle vom Hagebuttenhof zusammen, oder?«, sinnierte er. »Na ja, wäre ja nicht der erste Kerl, der zweigleisig gefahren ist.«

Er sah mich an. »Haste Halsweh?«

Ich nickte.

»Mach dir einen Pott Salzwasser«, empfahl er, »und dann fünf Mal am Tag gurgeln. Altes Seemanns-Rezept.«

Ich nickte ihm zu, verließ mich aber lieber auf

die Lutschtabletten und den Hustensaft aus der Apotheke.

Am Abend bekam ich hohes Fieber, sodass ich die nächsten Tage entweder in meinem Bett oder auf dem Sofa vor dem Fernseher verbrachte. Leevke und Selma hatten zum Glück alles im Griff. Annalotta half während der Stoßzeiten im Café aus.

Ich sah mir währenddessen unzählige Folgen einer Familiensage an, bei der ich nach einiger Zeit den Faden verlor. Das war wahrscheinlich auch deswegen, weil ich immer wieder einnickte und die entscheidenden und dramaturgisch wichtigen Szenen verpasste.

Netti brachte mir Vanilleeis. »Du Arme. Dich hat es ja erwischt.«

»Unkraut vergeht nicht«, antwortete ich. »Hab ich was verpasst?«

»Horst hat es wieder mit den Hämorrhoiden.« Sie machte eine wegwerfende Bewegung. »Das kommt davon, wenn man den ganzen Tag auf seinem Hintern sitzt und nicht an die frische Luft geht.«

»Meinst du, die Frischluft würde die Hämorrhoiden vertreiben?« Das war natürlich Quatsch, was ich da redete. Netti zeigte mir einen Vogel. »Kind, du bist überhaupt noch nicht in Form.«

»Und sonst so?«

»Wir Teeschwestern fahren morgen nach Greetsiel. Die Kurverwaltung bietet eine Tagesfahrt dahin an.«

»Fahrt ihr alle mit?«

»Nee, Hedwig hat wieder eine neue Krankheit. Irgendwas mit dem Dünndarm.« Netti lachte laut auf. »Wenn die mal nicht mehr ist und jemand macht bei ihr eine Obduktion, dann muss man demjenigen einen Plan in die Hand drücken, sonst findet er sich bei der Guten im Inneren nicht zurecht.«

»Du kommst auf Ideen«, hustete ich. Solange ich Hedwig kannte, war die Funktionstüchtigkeit ihres Körpers ihr Lebensinhalt gewesen.

Elaine trug ein grün-lila gestreiftes Kleid und dazu einen orangenen Schal, als sie mich besuchte. Wie ein Paradiesvogel sah sie aus. Sie erzählte mir, dass sie ein Wochenende mit Kai-Uwe auf Spiekeroog verbracht hatte. »Leider meidet er die Sonne. Er ist so blass wieder nach Hause gefahren, wie er gekommen ist.« Sie strich sich über ihre sonnengebräunten Wangen. »Ansonsten besuche ich weiterhin den Tanzkurs. Es gibt aber nichts Aufsehenerregendes zu berichten, außer dass Arabella sich die Haare blondiert hat. Jetzt sieht sie ein bisschen gewöhnlich aus. Diese ganze Aktion hat meiner Meinung nach den Anschein von *jetzt erst recht.*«

»Wie kommst du drauf?«

»Ich habe gehört, wie sie ihrer Schwester vorgejammert hat, dass Klaas sie hintergangen hat. Er sei nämlich immer noch verheiratet gewesen und hätte sich illegalerweise mit ihr verlobt.«

»Das ist ja interessant.« Dann hatte es Arabella jetzt also endlich erfahren, dass ihr Verlobter sie aufs Glatteis geführt hatte.

»Also ich wäre stinksauer, wenn mir das passieren würde«, meinte Elaine, »dem würde ich die Hammelbeine und andere Dinge langziehen.«

»Das kann ich mir gut vorstellen.« Ich konnte mich allerdings erinnern, dass sie schon mehrmals erst nach einiger Zeit erfahren hatte, dass der jeweilige Lover bereits liiert war. Aber Elaine verzieh schnell – oder besser gesagt: Sie suchte sich anschließend jemand anderen.

Nach ein paar Tagen ging es mir besser und mein Appetit kehrte zurück. Tante Fanny teilte mir mit, dass sie spätestens in einer Woche nach Schottland zurückkehren würde. »Ich habe dort auch meine Verpflichtungen, Liebes. Sei nicht traurig.« Sie umarmte mich. »Sei unbesorgt, ich werde wiederkommen.«

Schade, ich hatte mich gerade an sie gewöhnt und würde sie in Zukunft sehr vermissen.

22

»Das wird sicherlich noch ein schöner Sommer«, vermutete Tante Fanny und blickte auf die Wellen, die müde und lustlos an die Kaimauer klatschten. »Spätesten im nächsten Frühjahr bin ich wieder hier.«

»Das wäre schön«, freute ich mich und steuerte auf eine der Bänke zu, die in der Nähe des Strandes standen. Wie ein nasser Sack fiel ich auf das Sitzmöbel. Meine Knie waren doch noch ein wenig wackelig, da hatte die Frühjahrsgrippe ganze Arbeit geleistet.

»Ach … so schön hier«, seufzte die Schwester meines Vaters und kramte in ihrer Tasche. »Am liebsten würde ich mir jetzt ein Zigarillo genehmigen, aber das wäre sicherlich hier am Strand nicht so passend.«

Mit dem Kopf deutete sie auf die vielen Strandkörbe, in denen die Urlauber vor dem frischen Seewind geschützt die Sonne genossen. »Den Winter … ja, den würde ich gerne mal hier erleben. Wie ist das denn so?«

»Dann zeigt uns die Nordsee, wer hier der Chef im Ring ist«, schmunzelte ich. »Man kann es jetzt kaum glauben, wie wild das Wasser bei den Stürmen über das Ufer fegt, wie der heftige Wind ganze Gartentore in seine Einzelteile zerlegt und Löcher in die Dächer reißt.«

»Ihr seid daran aber gewöhnt, oder?«

»Es ist jedes Mal eine neue Herausforderung. Ich kann mich noch gut erinnern, wie unsere kleine Gartenpforte des Hauses, in dem ich aufgewachsen bin, von dem Sturm aus den Angeln gerissen wurde. Wir haben sie zwei Straßen weiter wiedergefunden.«

»Das war sicherlich in dem Haus, wo dein Vater und deine Mutter zusammen einige Zeit verbracht haben?«

Ich nickte. »Lange war das nicht, so hat es mir jedenfalls meine Mutter erzählt.«

»Ja, mein Bruder ... ein herzallerliebster Mensch, aber von Verantwortung hat er nie viel gehalten«, seufzte meine Tante. »Egal, das ist jetzt Vergangenheit. Wir sind nun im Hier und Heute. Und wie ist das nun mit deinem Hobby?«

»Du meinst meine Ermittlungen?«

Tante Fanny nickte. »Das hat dir doch sicherlich immer viel Spaß gemacht.«

»Das kannst du laut sagen, obwohl es nicht immer einfach ist, den Menschen brauchbare Informationen aus der Nase zu ziehen.« Nachdenklich sah ich zum Himmel. »Aber genau das ist ja das Reizvolle an der Sache.«

»Du beobachtest gerne Menschen, hab ich recht?«

Ich nickte. »Wenn ich bei einer Behörde warten muss, bis ich dran bin, beobachte ich die Menschen neben mir. Welchen Beruf sie haben könnten, ob sie verheiratet sind und so weiter.«

»Du kannst sehen, ob jemand verheiratet ist?«

Jetzt musste ich lachen. »Nein, das kann ich nicht, aber wenn jemand mit verbissenem Gesicht in die Welt blickt, kann man schon mal davon ausgehen, dass er viel Stress hat und sich selten entspannen kann.«

Tante Fanny dachte einen Moment nach. »Da könntest du recht haben.«

»Wobei ich das ja nicht überprüfen kann, aber ich denke gerne über meine Mitmenschen nach.«

»Und über das, was sie eventuell angestellt haben«, grinste sie. »Es sieht aus, als würde es gleich regnen. Ich glaube, wir sollten zurückgehen, sonst fangen sie noch ohne uns an.«

»Besser wäre es.«

Zügig machten wir uns auf den Weg ins Café Kluntje.

Leevke, Netti und Selma hatten die Abschiedsfeier für meine schottische Tante geplant. Deshalb hing jetzt auch ein Schild an der Eingangstür: *Geschlossene Gesellschaft.*

Sie hatten die Tische zusammengerückt, Torten gebacken und ein kaltes Büfett vorbereitet. Erstaunt stellten Tante Fanny und ich fest, dass alle gekommen waren, die meine Tante während ihres Aufenthaltes hier in Neuharlingersiel kennengelernt hatte.

Neben meiner Familie waren alle Teeschwestern gekommen. Sogar Hedwig hatte es sich nicht nehmen lassen, Fanny zu verabschieden. Auch unsere beiden Ortspolizisten gaben sich die Ehre. Sigi trug zur Feier des Tages eine hautenge hellgrüne Hose, in der seine durchtrainierte Figur voll zur Geltung kam.

»Ich sach ja ... der hat ,nen Knackarsch«, flüsterte mir Netti zu und bedachte das angesprochene Körperteil Sigis mit einem anerkennenden Blick.

Elaine schwebte förmlich in den Raum und zog ihren blassen Tanzlehrer hinter sich her. Er trug ein blassrosa Hemd und eine dunkelrote Fliege, die hin und wieder von seiner Begleiterin zurechtgerückt wurde. Man konnte ihm ansehen, dass er sich verkleidet vorkam.

Bertus hatte ebenfalls unsere Einladung angenommen. Er tauschte mit Hedwig die jeweilige Erfahrung über diverse spezielle Behandlungsmethoden aus, denn beide verfügten ja über einen reichhaltigen Sachverstand in diesem Bereich.

Unsere weltbeste Kuchenbäckerin Selma holte aus ihrem Allerheiligsten ihr Rezeptbuch und verzog sich mit Tante Fanny aufs Ostfriesensofa. Dort diktierte ihr meine Tante das Rezept für einen schottischen Früchtekuchen mit Sultaninen, Feigen und getrocknete Kirschen.

»Das sind bestimmt eine Menge Kalorien«, befürchtete ich, als ich dazukam.

»Schmeckt aber bestimmt bombig«, meinte Selma und klappte ihr Buch zu.

Auch Roswitha, die Hausdame des Hotels Deichhuske, war gekommen. Sie stand mit Tante Fanny an der Hintertür und rauchte. Ihre dürre Figur hatte sie unter einem Gewirr aus Stoffbahnen verborgen.

Es war ein wunderbares Abschiedsfest. Tante Fanny genoss die Stunden, küsste jeden auf beide Wangen und lud alle ein, sie in Schottland zu besuchen.

»Ach übrigens«, sagte Elaine beim Abschied, als sie am Arm von dem müde aussehenden Kai-Uwe in der Tür stand. »Der Abschluss des Blueskurses wird groß auf dem Hagebuttenhof gefeiert. Josefine hat mich gebeten, dich schon mal einzuladen. Schließlich hätten sie dir ja die Idee mit dem Marketing zu verdanken.«

Peng, da war sie, nämlich die Gelegenheit, meine Nase nochmal in die Angelegenheit des Hagebuttenhofs zu stecken.

23

Ein paar Tage später stand ich ratlos vor meinem Kleiderschrank und überlegte, was ich zu dem Abschlussfest in der Tanzschule anziehen könnte. Lustlos schob ich die Kleidungsstücke von links nach rechts und wieder zurück.

Die vergangenen Tage hatte ich damit verbracht, die liegengebliebene Arbeit nachzuholen und Ordnung in meinem Büro zu machen. In Begleitung der ganzen Familie, inklusive Horst und Netti, hatten wir Tante Fanny zum Flughafen nach Bremen eskortiert und den Abschied würdevoll hinter uns gebracht. Horst fand dieses ganze Prozedere ziemlich übertrieben, denn Abschied wäre ja etwas Normales und kein Grund, denjenigen, der abreist, tränenreich an die Brust zu drücken. Bei Männern würde das ganz anders ablaufen, ein markiger Händedruck, ein kurzes Nicken und Ende Gelände.

Missmutig zog ich ein geblümtes Oberteil aus dem Schrank und hielt es hoch. Lange hatte ich die Bluse nicht getragen. Todesmutig zog ich sie an und betrachtete mich in dem, wie ich fand, nicht sehr vorteilhaften Spiegel im Flur. Ich sah aus wie ein Knallbonbon kurz vor dem Platzen. Nein, das ging gar nicht.

Die Bluse knuddelte ich zusammen, warf sie unten in den Schrank. Ich erwog, mir bei Selma einen Seelentröster in Form eines Stück Kuchens abzuholen. Erst kürzlich hatte ich in einer Frauenzeitschrift gelesen, dass Schokolade und Co. glücklich machen würden. Von dem Unglück der sich anhäufenden Polster an den Hüften stand nichts in dem Heft.

»Selma, wo kaufst du denn deine Klamotten?«, fragte ich die stabile Köchin, die ja über eine enorme Oberweite verfügte. Ihr Angebot, den neuen schottischen Früchtekuchen zu verkosten, lehnte ich wild entschlossen ab. »Ich probiere den Kuchen morgen. Heute muss ich mich um ein passendes Outfit für die Abschlussfeier im Hagebuttenhof kümmern. Ich will ja nicht wie der letzte Trampel da aufkreuzen.«

Selma klappte den Karton mit den Eiern zu und zog die Stirn in Falten. »Also, wenn ich dir einen Tipp geben kann, in Esens gibt es ein Supergeschäft für mollige Damen. Ich habe da schon viele schöne Sachen gefunden. Und man wird hervorragend beraten und bedient. So größenmäßig und so.«

Entsetzt sah ich sie an. »Ein extra Geschäft für dick… stämmige Frauen?«

»Emely, jetzt mal im Ernst. Geh doch mal in

eine Boutique oder ein normales Bekleidungsgeschäft. Selbst bei der obersten Größe hältst du nur ein schmales Kleidungsstück in der Hand. Da passt doch unsereins nicht rein.« Selma lachte. »Die hoffen vielleicht, dass mal ein Pulk Besenstiele reinkommt und die Klamotten kaufen.«

Ich kannte das. »Ja, genau, das habe ich auch schon beobachtet. Es ist frustrierend.«

»Die hoffen auf so dürre Kundinnen wie deine Freundin Roswitha. Die hat ja echt nix auf den Rippen. Ich hingegen …« Sie klopfte auf ihren Bauch. »Ich war mal mit Fridjof in Saarbrücken. Da wohnt eine Cousine von mir, die hat mich in die Stadt geschleppt … Also kaum hatten wir die Boutique betreten, eilte die Inhaberin auf mich zu. Weißt du, was die zu mir gesagt hat?« Selma verschränkte die Arme vor ihrem ausladenden Busen. »Ich soll mich gar nicht weiter umgucken, denn sie hätte nur französische Modelle und die würden mir sowieso nicht passen. Jetzt kommst du.«

»Das ist entmutigend und frech.«

»Dabei war die Besitzerin des Ladens hässlich wie die Nacht«, stänkerte Selma. »Ich kann abnehmen, aber die bleibt so. Das nenne ich ausgleichende Gerechtigkeit.«

»Genau so ist das.« Mit einem Auge schielte ich sehnsüchtig auf den schottischen Kuchen. Nein heute nicht, bremste ich mich und verließ den

Tempel der süßen Verführung.

Noch am gleichen Nachmittag fuhr ich nach Esens und suchte das von Selma empfohlene Geschäft auf. Ich erstand ein wunderschönes Oberteil, welches mich, welch ein Wunder, einigermaßen schlank aussehen ließ. Zufrieden fuhr ich wieder nach Hause.

Kurz vor Dienstschluss kam Harm ohne seinen Schatten Sigi vorbei. »Kann ich einen Kaffee haben?«

»Klar, setz dich schon mal. Ich bringe ihn gleich.«

»Kannst du dich bitte einen Moment zu mir setzen?« Er zeigte auf einen Stuhl.

»Gerne. Was gibt es?«

»Ich habe den Rat deiner Freundin verfolgt.«

»Du meinst Elaine und die Sache mit den Platzpatronen?«

Harm nickte. »Ich habe das so gemacht, wie ihr gesagt habt.«

»Und?«

»Sie war sehr verständnisvoll und hat gesagt, dass sie ihr Vorhaben, mit fünfunddreißig verheiratet zu sein, gerne etwas nach hinten verschieben würde. In der Zwischenzeit könnten wir uns ja mal in einem Kinderwunschzentrum beraten lassen.«

»Das geht doch nicht«, meinte ich, »das war doch alles nur gelogen, damit sie mit dir Schluss macht.«

»Stimmt, ja …« Er rührte ununterbrochen in seinem mehrfach gesüßten Kaffee um. »Irgendwie blöd gelaufen.«

»Also pass mal auf.« Ich legte meine Hand auf seinen Unterarm. »Wenn du nicht wirklich diese Beziehung willst, sag ihr das. Das ist wenigstens ehrlich. Such dir eine Freundin, die kein Interesse an der Gründung einer Familie hat.«

Er schien erleichtert, vertilgte noch ein Stück Ostfriesentorte und zog dann sichtlich entspannt von dannen.

Am nächsten Nachmittag holte ich Elaine zu Hause ab und wir fuhren zum Hagebuttenhof. Mit meiner neuen Bluse und meinem schwarzen Rock, den ich mithilfe einer Sicherheitsnadel für meine Taille passend gemacht hatte, sah ich ganz passabel aus.

»Ich bin ja so aufgeregt«, flötete Elaine. »Da gucken bestimmt ein paar Leute zu, wenn wir tanzen. Das ist ja eigentlich wie eine Theateraufführung.«

»Es wird sicherlich halb so wild werden«, versuchte ich, sie zu beruhigen.

Das Haus und der Vorgarten waren festlich geschmückt. Ich ergatterte gerade noch einen der letzten Parkplätze. Überall hingen Fahnen und Kübel mit blühenden Blumen waren auf dem Gelände verteilt worden. Zwei Herren, augenscheinlich von der örtlichen Presse, schossen Fotos und interviewten Josefine und Arabella.

»Meine Damen, meine Herren«, rief Josefine anschließend. »Wir bitten Sie nun in unseren Tanzsaal, wo die Kursteilnehmer Ihnen präsentieren, was sie in Sachen Blues gelernt haben. Anschließend laden wir Sie ein, in unserem Garten der Musik zu lauschen und eine Erfrischung zu sich zu nehmen.«

Das war sehr professionell, musste ich anerkennend feststellen, ganz die Geschäftsfrau.

Alles strömte zu der Vorführung. Ich hielt mich etwas im Hintergrund und bezog an der Tür Stellung.

Elaines Tanzpartner war ein untersetzter Mann mit einem schmalen Haarkranz, der sie wie ein Schraubstock umklammerte. Aber tanzen konnte er – alle Achtung. Er bewegte sich auf dem Parkett, als ob er nie etwas anderes gemacht hätte. Elaines Rock flog ihr um die Beine, ihr Lächeln war wie festgefroren.

»Der hat nach Knoblauch gerochen, wie ein südländischer Olivenbauer«, erzählte sie später, als wir mit einem Orangenmixgetränk in der Hand im Garten saßen. Ein Musikerduo sorgte für Unterhaltung, alle sahen entspannt aus.

»Es hat aber sehr schön ausgesehen«, sagte ich und schaute mich um. »Wo ist denn dein Kai-Uwe?«

Sie stieß einen verächtlichen Laut aus. »Er ist sauer, weil ich darauf gepocht habe, mit ihm zu tanzen. Er wollte das aber nicht, wegen der

Neutralität den anderen Damen des Kurses gegenüber.«

»Er kann dich ja nicht bevorzugen«, nahm ich den Tanzlehrer in Schutz, »das würden ihm die anderen Tänzerinnen bestimmt übelnehmen.«

Sie nickte. »Ich weiß das, aber ...«

Arabella und Josefine kamen auf uns zu und nahmen neben uns Platz. »Und, wie findet ihr denn die Veranstaltung?«, wollte Arabella wissen.

Sie sah mit ihrem blondierten Haar wirklich nicht gut aus. Es wirkte so, als hätte sie sich zehn Eigelb über den Kopf gegossen.

»Ich muss euch beglückwünschen«, antwortete ich und meinte das durchaus ehrlich. »Ihr habt den ganzen Hagebuttenhof ungeheuer aufgepeppt. Glückwunsch.«

»Und dies alles ohne Klaas«, zischte Arabella, »er ist doch nicht so unersetzlich, wie ich zuerst befürchtet hatte.«

»Psst, willst du wohl ruhig sein.« Josefine gab ihrer Schwester einen Rippenstoß. »Das finde ich sehr unpassend ... gerade heute, wo alles so gut geklappt hat.«

Arabella hob ihren blondierten Kopf. Die Sonne ließ ihr Haar jetzt orange aussehen. »Ich hätte nicht gedacht, dass Klaas so ein Drecks...«

»Hör sofort auf«, zischte Josefine und hielt ihrer Schwester den Mund zu. »Wie kannst du so was sagen? Ich schäme mich für dich.«

Mit einer heftigen Bewegung schob Arabella ihre Hand weg. »Wieso regst du dich so auf? Emely weiß sicher auch schon, dass er immer noch verheiratet war. Und ich dusselige Kuh habe von einer Hochzeit geträumt. Ich war aber auch blöd, es ist so demütigend.«

»Also ich habe nicht vor, jemals zu heiraten«, grätschte Elaine dazwischen. »Das gibt nur Ärger und die Ehe im Allgemeinen hat sich längst selbst überholt.«

»Ich war noch nie verheiratet«, presste Arabella hervor, »von daher habe ich mir das immer sehr schön vorgestellt.«

Den Ärger über ihren verblichenen Verlobten konnte man von ihrem verbissenen Gesicht ablesen.

»Das ist ein fataler Irrtum, die Sache mit dem Heiraten«, entgegnete Elaine. »So habe ich doch viel mehr Freiheit. Jetzt kann ich die Kerle in die Wüste schicken, wenn es mir zu viel wird.«

Plötzlich tauchte Henriette auf. »Mama, weißt du, wo meine Schlüssel sind?« Sie war hinter ihre Mutter getreten.

Josefine wandte sich um. »Ich dachte, du wärst schon weg?«

»Nee, Bus verpasst.« Missmutig setzte sich Josefines Tochter auf einen Stuhl. »Ist ja auch kein Wunder, hier auf dem ollen Kaff.«

Sie legte den Kopf nach hinten und strich ihre

Haare zurück. Das Muttermal an ihrer Schläfe in Form eines ungeraden Dreiecks konnte ich deutlich sehen. Ich versuchte, nicht so auffällig zu dem jungen Mädchen zu sehen. Das war doch nicht möglich, aber eventuell doch ... Ich stand auf und strich meinen Rock glatt. »Entschuldigung, ich müsste mal auf euer Klo.«

Arabella deutete zum Haus. »Den Gang runter, letzte Tür links.«

»Danke, finde ich schon.«

Betont gelassen lief ich zum Haus. Im Flur suchte ich das Foto von Klaas de Witt. Wo war das noch mal? Ach hier ... Hatte ich mich richtig erinnert? Mit zusammengekniffenen Augen ging ich ganz nah an das Bild ran. Tatsächlich! An der Schläfe des verstorbenen Holländers befand sich ein Muttermal in Form eines ungeraden Dreiecks.

24

Elaine wunderte sich, dass ich auf der Rückfahrt vom Hagebuttenhof sehr schweigsam war. Sie plapperte einfach drauf los und legte mir lang und breit ihre zukünftigen beruflichen und männertechnischen Pläne dar. »Ich habe mir überlegt, dass ich ja mal für ein paar Wochen nach Berlin gehen könnte.«

Ich hatte nur das Wort *Berlin* aufgeschnappt. »Berlin? Was ist denn da?«

»Emely, wo bist du denn nur mit deinen Gedanken?« Sie öffnete noch einen weiteren Knopf an ihrer Bluse. »Mir ist so heiß, ich könnte mich direkt auf einen Gletscher legen.«

»Der wäre dann ja schnell weggeschmolzen, bei deiner Hitze.« Ich bemühte mich wirklich, ihren Ausführungen zu folgen. »Und was ist jetzt mit Berlin?«

Sie öffnete das Fenster. »Ob es da kühler ist als hier?« Sie wedelte sich frische Luft zu. »Ich schwitze wie vor einem Osterfeuer.«

Wir hielten vor Elaines Wohnung an. Ich wusste immer noch nicht, was es mit Berlin auf sich hatte, aber meine Gedanken waren jetzt sowieso ganz woanders.

Nach einer heißen Dusche legte ich mich auf mein Sofa und schaltete den Fernseher an. Eigentlich wollte ich mich entspannen, aber das gelang mir überhaupt nicht. Auf dem Bildschirm stritt sich gerade ein offensichtlich getrenntes Paar um die Möbel.

Was hatte das alles zu bedeuten? Henriette van Allen und Klaas de Witt hatten an der gleichen Stelle ein gleichförmiges Muttermal. Das waren doch zwei Menschen, die nichts miteinander zu tun hatten. Zufall und eine Laune der Natur? Was sollte ich davon halten?

Ich holte meinen Laptop aus der Küche und googelte nach *Muttermalen.* Ich erfuhr, dass die Entstehung von Muttermalen und Leberflecken zum Teil erblich bedingt seien und somit in einigen Familien gehäuft vorkommen könnten. Es wäre durchaus möglich, dass die Muttermale sogar an den gleichen Stellen am Körper des Nachwuchses auftauchen könnten.

Ja, das würde Sinn machen, wenn Henriette Klaas' Tochter wäre. Was hatte Josefine erzählt? Sie wäre erst ein paar Jahre nach ihrer Schwester auf den Hagebuttenhof gezogen, da war ihre Tochter schon längst geboren. War es möglich, dass Josefine den Niederländer schon viel länger gekannt hatte? Schließlich hatte sie Arabella auch vor ihrem Umzug nach Ostfriesland regelmäßig auf dem Hagebuttenhof besucht. Dann war sie mit Sicherheit schon damals de Witt begegnet. War er Henriettes Vater? Befand sich deshalb die Geburtsurkunde des Mädchens auf dem Kutter?

Das Paar im Fernsehen stand jetzt vor dem Haus, vor ihnen lag das durchgesägte Ehebett. »Das ist das Ende vom Lied«, stellte der Mann lakonisch fest und warf die Kettensäge auf das kaputte Möbelstück.

Dann ist da ja noch die Sache mit dem Lichtschalter, grübelte ich weiter, von dem Josefine bei unserem Besuch in Klaas' Haus genau wusste, wo er sich befand, obwohl sie angeblich noch nie in dem Gebäude gewesen war.

Das Paar im Fernseher stritt sich jetzt wie die Kesselflicker, während der kaputte Möbelhaufen brannte, wobei sie ihm heftig vors Schienbein trat.

Ich schrieb Bertus eine Textnachricht und bat ihn um ein Treffen am nächsten Vormittag. Prompt kam seine Antwort, er hätte zwar viel zu tun, aber wir könnten uns gerne nach seiner Bindegewebsmassage vor dem Thalasso-Nordseebad in der Edo-Edzards-Straße treffen.

Den Laptop und den Fernseher schaltete ich aus und ging ins Bett. Irgendetwas würde mir schon einfallen, wie ich der Sache auf den Grund gehen könnte, da war ich mir ganz sicher. Zu meiner Verwunderung schlief ich sofort ein.

Nach kurzen betrieblichen Rücksprachen mit

Leevke und Selma am nächsten Morgen fuhr ich mit dem Fahrrad zu dem vereinbarten Treffpunkt. Ungeduldig wartete ich vor dem Bäderhaus.

Bertus verließ pünktlich das Gebäude. »Moin Emely, was gibt es denn so Eiliges?« Er hakte sich bei mir unter. »Lass uns ein paar Schritte gehen. Ich muss mich viel mehr bewegen, hat mein Hausarzt gesagt.«

»Gerne. Bewegung tut mir auch gut.« Ausführlich erzählte ich ihm von meiner gestrigen Beobachtung und meiner Vermutung, dass Klaas de Witt der Vater von Josefines Tochter war.

»Ohne DNA-Test kannst du nichts beweisen, zumal der vermeintliche Vater jetzt tot und eingeäschert worden ist.«

»Ich habe mir schon gedacht, dass ich da nicht weiterkommen kann«, musste ich eingestehen, »aber ich habe da eine Theorie.«

»Gut, dann lass mal hören«, bat mich der Exkommissar.

»Du hast ja mal gesagt, dass sich der oder die Täter oft im häuslichen Umfeld finden lassen.«

Er nickte. »Ja, da forschen wir von der Polizei auch immer sehr intensiv nach.«

»Für mich gibt es zwei Verdächtige aus dem Umfeld des Opfers.«

»Lass mich raten. Die beiden Schwestern?«

Ich nickte. »Stimmt genau. Fangen wir mit Arabella an. Sie muss stinksauer gewesen sein, als sie zu ihrem Leidwesen erfahren musste, dass ihr Verlobter sie die ganze Zeit wegen seiner Ehefrau angelogen hatte. Was ist, wenn sie über diesen Umstand schon länger, also bereits vor dem tödlichen Treppensturz Bescheid wusste? Inwieweit sein Vermögen bei ihren Überlegungen eine Rolle gespielt hatte, kann ich nicht nachvollziehen. Eventuell erhoffte sie sich ein zugedachtes Erbe ihres Verlobten nach seinem Tod.«

»Und du meinst, das reicht als Mordmotiv?«

»Auf jeden Fall. Wut, Rache, gekränkte Eitelkeit. Das ist schon eine Menge, was da zusammenkommt. Du hast ja keine Ahnung, zu welchen Taten gekränkte Frauen in der Lage sind.«

»Und die andere Schwester?«

»Wenn Henriette wirklich Klaas' Tochter ist, beweist das doch, dass sich Josefine und er schon viel länger kannten. Denk dran, dass sie sich ganz offensichtlich in seinem Haus auskannte, obwohl sie angeblich nie einen Fuß hineingesetzt haben will. Nachdem sie geschieden war und ihr Exmann einen Streit ums Sorgerecht angezettelt hatte, sah sie vielleicht eine Lösung darin, dass der wahre Vater seine Tochter auch offiziell anerkennt. Auch hier wieder Wut, Rache und gekränkte Eitelkeit.« Irgendwie schwirrte mir der Kopf. »Oder die beiden Schwestern haben zusammen …?«

Bertus blieb stehen und legte beide Hände auf

meine Schultern. »Eine schöne Theorie, zugegeben, aber nichts davon kannst du beweisen.«

»Genau das ist der Knackpunkt.«

»Komm, ich lade dich zum Kaffee ein«, schlug Bertus vor. »Am Campingplatz gibt es doch dieses kleine Café.«

»Ja, ein Kaffee wäre jetzt gut.«

Bertus bestellte sich einen Früchtetee, ich einen Latte macchiato.

»Das ist echt blöd«, murmelte ich, schöpfte mit dem langstieligen Löffel den Milchschaum ab und schob ihn mir in den Mund.

Bertus angelte nach dem Teebeutel und legte ihn auf die Untertasse. »Was glaubst du, wie oft ich diese Situation bei meinen Ermittlungen hatte. Manchmal war ich mir total sicher, dass ich den Täter kannte, aber ich konnte es nicht beweisen.«

»Und was hast du dann gemacht?«

»Wenn ich Glück hatte, hat er oder sie sich selbst verraten oder aus schlechtem Gewissen irgendwann ein Geständnis abgelegt. Manchmal habe ich auch versucht zu tricksen.«

»Und wie geht das?«

Bertus zuckte mit den Schultern. »Das ist von der jeweiligen Situation abhängig, aber im Großen und Ganzen muss man dem Tatverdächtigen gegenüber behaupten, man hätte durchschlagende Beweise für seine Täterschaft, die nur noch abschließend von der Kriminaltechnik bearbeitet werden müssten, bevor der Fall einem Haftrichter vorgelegt werden könnte.«

»Und das war alles erlogen?«

»Mehr oder weniger, es war eben viel Fantasie dabei und hat auch oft zum Erfolg geführt.«

Später im Café Kluntje grübelte ich über Bertus' Worte nach, hatte aber keine Ahnung, wie mir diese Vorgehensweise helfen könnte.

Harm und Sigi schneiten herein, tranken in aller Eile ihren Kaffee und verschwanden sofort wieder. Für ein Gespräch war keine Zeit. Das war aber nicht weiter tragisch, denn ich musste erst einmal über alles gründlich nachdenken.

Gutgelaunt nahmen die vier Teeschwestern an ihrem angestammten Tisch Platz. Wie immer brachte ich Tee und Torte sowie anschließend noch eine Runde Sanddornschnaps für die Damen, die sich angeregt unterhielten.

»Emely, was hältst du davon?«, meinte Netti, als ich mich bei den Freundinnen nach weiteren kulinarischen Wünschen erkundigte. »Diese älteren Schauspielerinnen behaupten doch immer, ihr gutes Aussehen käme daher, weil sie täglich sehr viel Wasser trinken würden. Glaubst du das?«

»Da bin ich überfragt. Woher soll ich wissen, ob sie die Wahrheit sagen?« Darüber hatte ich mir noch nie Gedanken gemacht.

Franziska tippte sich an die Stirn. »Die gehen zum Schönheitschirurgen und lassen sich die Haut glattziehen. Ist doch sonnenklar. Das sind doch keine Kamele, die täglich mehrere Liter Wasser bunkern. Alles nur gelogen.«

Tabea zog mit beiden Händen ihren Mund Richtung Ohren. »So sieht das dann nach der Operation aus. Die können dann noch nicht mal über einen Witz lachen, weil alles so straff ist.«

»Um dann zu behaupten, es käme vom Wasser«, entrüstete sich Franziska.

Es entbrannte eine heiße Diskussion darüber, wie man in etwas reiferem Alter die Faltenbildung eindämmen könnte. Hedwig vertrat die Ansicht, man müsse nur genug essen, damit das körpereigene Fettgewebe die Falten ausbügeln würde.

Erst am Abend kam ich dazu, über mein Gespräch mit Bertus gründlich nachzudenken. Der Tipp mit der falschen Behauptung war ja ganz schlau, aber was sollte ich mit diesem Wissen anfangen?

Diese nächste Nacht verbrachte ich am Fenster sitzend, um grübelnd in die Nacht hinauszustarren. Nach einem kurzen Nickerchen gegen Morgen rief ich Elaine kurz nach sieben an.

»Emely, leidest du unter seniler Bettflucht oder was? Um diese Zeit.«

»Sorry, ist Kai-Uwe bei dir? Ich wollte euch nicht stören.«

»Nee, der ist schon auf dem Weg nach Berlin. Deswegen will ich ja auch … was ist denn?«

»Ich habe ein Anliegen. Pass mal auf …« Ausführlich erläuterte ich ihr meinen Plan.

»Du spinnst doch«, meinte sie anschließend, »aber wenn es dich glücklich macht, hol mich ab.«

»Ich besorge die Pralinen und du rufst auf dem Hagebuttenhof an und sagst Bescheid, dass wir kommen. Schließlich müssen Arabella und Josefine auch zu Hause sein. Sonst klappt das ja alles nicht.«

»Ach Emely, was hast du nun schon wieder ausgeheckt?«, meinte Elaine und legte auf.

25

»Hier sind die beiden.« Vom Rücksitz holte ich zwei Pralinenschachteln und drückte sie Elaine in die Hand.

»Meinst du, das klappt?« Skeptisch sah sie zum Haus.

»Egal, man kann es ja probieren.« So ganz traute ich meinem Plan auch nicht.

Auf unser Klopfen öffnete Josefine die Tür. »Kommt rein, ihr Lieben. Arabella sitzt drinnen.«

Wir folgten ihr durch den breiten Flur in ihre Küche. Der Teetisch war gedeckt, ein duftender Butterkuchen stand neben der bauchigen Teekanne.

»Setzt euch«, meinte Arabella lächelnd und deutete auf das geblümte Küchensofa.

»Das ist für euch.« Elaine reichte den beiden Schwestern nacheinander je eine der Schachteln mit den Pralinen. »Der Blueskurs in eurer Tanzschule war wirklich ein Erlebnis. Dafür ganz herzlichen Dank.«

»Das ist ja nett«, strahlte die Tanzlehrerin und sah auf die Schachtel. »Trauben, Mandel und Nuss, genau die Mischung, die mir am liebsten ist.«

»Jetzt wollen wir erst mal ein Tässchen Tee trinken«, meinte Josefine und füllte unsere Tassen.

Der Butterkuchen war wirklich lecker. Josefine hatte wohl meinen seligen Gesichtsausdruck gesehen. »Den habe ich selbst gebacken. Mich beruhigt es, wenn ich einen Kuchen backen kann. Die Küche riecht dann immer so behaglich nach Weihnachten.«

Elaine seufzte. »Sowas kann ich ja gar nicht. Sogar mit einer vorgefertigten Backmischung klappt es bei mir nicht.« Sie sah mich an. »Du bist ja ein echter Backprofi«, lächelte sie,» sonst hättest du sicherlich kein Café eröffnet.«

»Gebacken habe ich schon immer gerne, aber jetzt überlasse ich das unserer Selma«, entgegnete ich, »die kann das wirklich am besten. Gegen sie bin ich noch so eine Art Lehrling.«

Die beiden Schwestern lachten. »Dafür hast du bestimmt noch andere Fertigkeiten«, meinte Josefine und sah zur Tür. Ihre Tochter Henriette stand da und sah uns an.

»Du bist aber heute spät«, bemerkte Josefine mit einem leicht vorwurfsvollen Unterton.

»Kann ich nix für«, entgegnete ihre Tochter pampig, »wenn die Busse häufiger fahren … Oh.« Sie zeigte auf den Butterkuchen. »Kann ich ein Stück?«

»Klar«, sagte Arabella schnell und schob ihre

Nichte auf einen der Stühle. Sie versorgte Henriette mit Tee und Kuchen und lehnte sich zurück. »Wo waren wir gerade?«

»Es ging ums Backen«, erinnerte Elaine, »etwas, was nie meine Leidenschaft werden wird.«

»Hauptsache, wir sind alle zufrieden.« Josefine sah ihre Tochter streng an.

Krampfhaft überlegte ich, wie ich das Gespräch unauffällig in die von mir gewünschte Richtung lenken könnte. Arabella war so nett und erledigte das prompt. »Bei allem Groll, es ist schade, dass Klaas unseren Erfolg nicht mehr miterleben kann.«

»Ja, das ist wirklich traurig.« Elaine stellte ihre Teetasse ab. »Hat man denn schon …? Ich meine … Ihr wisst schon …«

»Ob die Polizei etwas herausgefunden hat?« Josefine wirkte immer noch sehr angespannt. »Nicht, dass ich wüsste.«

Genau jetzt war der richtige Zeitpunkt für meinen Einsatz gekommen. »Soweit ich Harm verstanden habe, gibt es da neue Erkenntnisse.«

»Wer ist Harm?«, wollte Josefine wissen.

»Das ist einer unserer Ortspolizisten, die bei uns im Café ihre Kaffeepause verbringen«, klärte ich sie auf und betete, dass sie nie auf die Idee kommen würde, Harm auf diese Sache anzusprechen.

Arabellas Gesicht wurde leicht rot. »Welche Erkenntnisse?« Ihre Stimme klang belegt.

Jetzt musste ich meine Worte mit Bedacht wählen. »Ich hoffe, ich kann das richtig wiedergeben. Also, das ist so ... Kriminalbeamte aus einer Spezialabteilung in Hannover haben eine neue Computersimulation entwickelt«, log ich, »damit kann man genau nachvollziehen, wo genau das Seil auf eurer Kellertreppe gespannt war und die Löcher können lokalisiert werden, an denen es befestigt war. Zusätzlich sind die Spezialisten in der Lage, Fingerabdrücke aus der unmittelbaren Umgebung der Löcher zu nehmen.«

Josefine, Arabella und Henriette starrten mich an. Hoffentlich hatte ich nicht übertrieben. Elaine nickte mir kurz zu, was wohl heißen sollte *Gut gemacht.*

»Von einer Kellerwand?«, krächzte Arabella.

»Ja, soweit ich verstanden habe, geht das.«

Unruhig rutschte Josefine auf ihrem Stuhl hin und her. »Aber da sind doch im Laufe der Zeit viele Leute runtergegangen. Der Getränkehändler, der Mann, der das Gas abgelesen hat und der Installateur, der die Heizung repariert hat.«

Ich nickte. »Da sind bestimmt eine Menge Abdrücke an der Wand. Angeblich kann man aber den Zeitpunkt, an dem die Spuren entstanden sind, zeitlich sehr genau eingrenzen. Man braucht nur die Fingerabdrücke, die rund um Klaas' Todestag entstanden sind, herausfischen. Somit muss die Polizei nur noch nach den Personen suchen, deren Fingerabdrücke mit den herausgefilterten Abdrücken an der Kellerwand identisch sind. Wahrscheinlich sind einige Befragungen nötig, die Alibis werden überprüft … dann ist der Rest für die Polizei ein Kinderspiel.«

Das war natürlich alles an den Haaren herbeigezogen, aber ich hoffte, dass ich es glaubwürdig rübergebracht hatte.

»Und wann wird das geprüft?« Nervös schob Josefine die Schale mit den Kluntjes hin und her.

»Waren die nicht schon heute Morgen da?«, fragte ich mit einem möglichst unschuldigen Unterton. »Vielleicht habt ihr das gar nicht mitbekommen?«

»Nein.« Arabella sah ihre Schwester an. »Ich habe nichts davon mitbekommen. Du etwa?«

Jetzt war es an der Zeit, die Angel auszuwerfen. »Heute ist doch der siebte Juni, oder?«

»Nein, der sechste«, sagten Arabella und Josefine fast gleichzeitig.

»Dann kommen die sicher morgen Früh. Ich bin gespannt, was dabei herauskommt.« So, die Falle war gestellt, jetzt musste sie nur noch zuschnappen.

Um nicht aufzufallen, blieben Elaine und ich noch ein wenig sitzen und sahen zu, wie Josefine mit dem Zeigefinger das Blumenmuster auf der Tischdecke nachzeichnete. Arabella jammerte, dass sie ausgerechnet am heutigen Abend einen Jazztanzkurs geben müsse, obwohl ihr gar nicht danach sei. »Bis die letzten Teilnehmer raus sind, ist es sicher fast halb zehn.« Sie massierte sich die Schläfen. »Mir ist das eigentlich alles zu viel.«

Eine nennenswerte Unterhaltung kam nicht mehr in Gang. Die Stimmung der Bewohnerinnen vom Hagebuttenhof war sichtlich im Keller. Wir verabschiedeten uns schließlich und verließen das Haus.

26

»Und jetzt?« Elaine hatte sich angeschnallt und sah zum Haus der Schwestern. »Du hast jetzt die Bombe gelegt. Was glaubst du, was passiert?«

Erleichtert über die gelungene Mission lenkte ich den Bulli Richtung Heimat. »Um genau dreizehn Minuten vor zehn Uhr wird es heute dunkel.«

»Schön zu wissen«, maulte sie, »und was soll das jetzt heißen?«

»Arabella ist mindestens bis halb zehn beschäftigt, ihre Gäste aus dem Tanzkurs zu verabschieden. Bis dahin wird sicherlich nichts passieren, da niemand ungesehen in den Keller gehen kann. Ab dann legen wir uns auf die Lauer, um denjenigen zu erwischen, der nach meiner Einschätzung nach versuchen wird, seine Fingerabdrücke abzuwischen.«

Elaine verzog das Gesicht. »Auf die Lauer legen? Meinst du im Gebüsch?«

Ich schüttelte den Kopf. »Ich habe mir das angesehen. Wenn wir uns mit dem Bulli neben dem Parkplatz hinter die Büsche stellen, kann man das

Auto vom Haus aus nicht sehen, aber wir haben mithilfe eines Fernglases das Fenster vom Keller im Blick.«

»Jetzt verstehe ich. Sobald wir Licht sehen, gehen wir zum Kellereingang und sehen nach, wer sich da ans Werk gemacht hat.«

»Du hast es erfasst.« Ich hielt vor Elaines Wohnung. Sie ließ sich von dem erhöhten Sitz des Busses auf den Gehweg gleiten. »Und wie kommen wir dann ins Haus? Nachts ist doch bestimmt da abgeschlossen und wir können ja schlecht klingeln.«

»Unter dem rechten Kübel neben der Haustür liegt ein Hausschlüssel. Ich habe gesehen, wie ihn Josefine dort deponiert hat.«

Elaine stand immer noch unschlüssig da.

»Willst du heute Abend doch nicht mitkommen?«, fragte ich sie. Es konnte ja sein, dass sie kalte Füße bekommen hatte.

»Klar komme ich mit, aber ich überlege gerade, was man bei einer solchen nächtlichen Beobachtungstour anzieht.«

Die Frau hatte echt Nerven. »Das ist doch egal, da es dann pottenschwarze Nacht ist. Ein Ballkleid würde ich nicht empfehlen, da uns ja keiner sehen soll.«

»Du hast kein Gefühl für das Wesentliche«, nörgelte Elaine, donnerte die Beifahrertür zu und zeigte mir dann einen Vogel.

Um genau zwanzig Minuten nach neun bezogen wir an unserem vorgesehenen Platz hinter den Sträuchern, weit genug entfernt vom Haus, unsere Stellung. Ich hatte extra einen großen Bogen geschlagen, sodass wir uns ungesehen von der anderen Seite dem Gulfhof nähern konnten. Durch eine Lücke im Gebüsch hatten wir alles perfekt im Blick. Arabella stand noch in der Haustür und verabschiedete die Kursteilnehmer mit Handschlag. Als der letzte Gast den Hof verlassen hatte, schloss die Tanzlehrerin hinter sich die Haustür.

»Das ist der perfekte Platz«, freute ich mich und griff nach dem Korb, der hinter mir auf der Rückbank stand. Selma hatte uns ein paar Brezeln und eine Flasche Holundersaft eingepackt. Ich hatte ihr erzählt, dass ich mit Elaine den Sonnenuntergang am Strand beobachten wollte.

Meine Freundin hatte sich augenscheinlich wirklich Gedanken um ihr nächtliches Outfit gemacht. Jacke, Bluse und Hose waren farblich total aufeinander abgestimmt.

»Wir sollten nicht zu viel trinken«, empfahl ich, »sonst müssen wir zu oft ins Gestrüpp.«

Es war jetzt stockdunkel. In Josefines Wohnung brannte noch Licht. Arabellas Fenster auf der anderen Seite war dunkel. Wahrscheinlich hielt sie sich in ihrer Küche auf, die nach hinten rausging.

»Jetzt mal ganz ehrlich«, empörte sich Elaine, »hätten die sich nicht eine andere Tötungsart überlegen können? Dann müssten wir vielleicht nicht hier im Dunklen auf der Lauer liegen.«

»Ein interessanter Ansatz, aber es ist nun mal jetzt so, wie es ist.« Mit einem Tuch wischte ich die Windschutzscheibe sauber und sah wieder durch das Fernglas aufs Haus. »Wie würdest du denn einen ungeliebten Zeitgenossen um die Ecke bringen?«

»Ich denke, ich würde Gift nehmen«, überlegte sie, »das ist eine saubere Sache und ich könnte mir leicht ein Alibi verschaffen.«

»Das klingt ja so, als hättest du einen fertigen Plan in der Schublade.«

»Nöö, ist mir gerade eingefallen. Das Gift würde ich mit einer Spritze in eine Praline rein machen und dann meinem Opfer schenken. Wenn er oder sie dann die Süßigkeit isst, kann ich ja weit weg sein. Ich würde natürlich Handschuhe tragen, damit ...«

»Warte ...«, unterbrach ich sie, »da war doch Licht.«

»Ich habe nichts gesehen.«

Ich starrte weiter durch das Fernglas. »Doch, ganz deutlich«, bekräftigte ich, »da ist einer im Keller und leuchtet mit einer Taschenlampe herum.«

»Bist du sicher?« Ihre Stimme klang ängstlich.

»Bei Josefine ist es jetzt auch dunkel« Ich sah auf meine Uhr am Armaturenbrett. »Fünf Minuten nach elf … es ist so weit.« Kurz zögerte ich, dann stieg ich aus. »Komm mit. Aber leise.«

Leicht gebückt schlichen wir zum Haus. Hinter dem kleinen Kellerfenster flackerte immer noch der Schein einer Lampe. Die Haustür war verschlossen.

»Einen Moment, ich hole den Schlüssel«, flüsterte ich. So leise, wie es nur möglich war, drehte ich den Schlüssel im Schloss und öffnete die Tür. Hoffentlich knarrte sie nicht, bei so alten Häusern konnte man nie wissen.

Elaine war dicht hinter mir. Ich hielt meine Taschenlampe bereit und öffnete mit einem Ruck die Kellertür. Auf den Treppenstufen saß Henriette van Allen und starrte uns an. Sie war mit einem Schlafshirt bekleidet, auf dem vorne Micky Mouse abgebildet war. Neben ihr auf einer Stufe stand ein Eimer, einen Lappen hielt sie in der Hand.

»Henriette! Was tust du da?«, brüllte Josefine, die jetzt oben in der Tür stand. »Was um Himmels willen …«

Das Mädchen hob den Putzlappen hoch. »Mama, ich habe versucht, dass ich meine … weil doch morgen die Polizei …« Sie sprang auf. Mit einem lauten Knall flog der Eimer die Treppe hinunter und das Wasser floss in alle Winkel des Kellers.

Unbeholfen stieg ich ein paar Stufen nach unten und nahm den Arm des jungen Mädchens. Sie ließ sich willenlos in Josefines Küche führen. Ich schob sie auf das Küchensofa und legte dem bibbernden Mädchen eine Wolldecke um die Schultern.

Josefines Schrei hatte auch Arabella auf den Plan gerufen, die jetzt in der Küche vor ihrer Nichte kniete, deren Beine umklammerte und auf sie einredete. Josefine lehnte mit verschränkten Armen und leichenblassem Gesicht an der Fensterbank und sagte kein Wort.

Elaine war die Einzige, die handelte. Sie holte aus dem Kühlschrank eine Packung Milch, nahm einen Topf vom Haken über der Spüle und goss etwas Milch hinein. Sie schaltete den Herd an und stellte den Topf darauf. Ruhig sah sie zu, wie sich die Milch erwärmte. Sie goss etwas davon in eine Tasse und reichte sie Henriette. »Hier, trink das. Du bist ja völlig durchgefroren.«

»Was soll das alles hier?« Arabella wurde zusehends hysterischer. »Kann mich mal jemand aufklären?«

»Lass Henriette mal los.« Ich zog sie von dem Mädchen weg. »Setz dich mal hier hin.« Sie wehrte sich heftig und wäre fast mit ihrem Stuhl umgefallen.

Josefine stand immer noch unbeweglich da und bewegte lautlos die Lippen.

Elaine stellte vor die beiden Schwestern ebenfalls eine Tasse warme Milch hin. Es vergingen ein paar Minuten, bis etwas Ruhe einkehrte. Keiner war in der Lage, etwas zu sagen. Auch mir hatte es die Sprache verschlagen.

Josefine setzte sich neben ihre Tochter, legte den Arm um sie und strich ihr über den Kopf.

Arabella hatte sich gefasst. »Kann mir mal jemand erklären, was hier los ist? Was hat Henriette da im Keller gemacht? Ihr wollt mir doch nicht sagen, dass sie ...«, sie deutete auf ihre Nichte, »... dass sie etwas mit Klaas' Tod zu tun hat, oder?«

Im Grunde genommen war ich immer noch überrascht, dass mein Plan funktioniert hatte, aber ich hatte niemals Henriette dort auf den Stufen erwartet.

»Ich glaube, ich muss euch was erzählen.« Henriettes Mutter hatte sich jetzt aufrecht hingesetzt, so als würde sie eine mündliche Prüfung absolvieren. Ihr Gesicht war unbeweglich.

»Am meisten wird es dich treffen.« Schuldbewusst sah sie ihre Schwester an. »Henriette ist Klaas' Tochter ...«

Arabella öffnete den Mund und legte eine Hand an ihren Hals. Es war so, als würde ein Schraubstock ihr die Luft zum Atmen nehmen.

»Ich ...«, stotterte Josefine. »Meine Ehe war fast am Ende. Du erinnerst dich doch sicher, Arabella, dass ich hin und wieder zu dir auf den Hof gekommen bin.«

Ihre Schwester zuckte mit den Schultern, sah aber Josefine nicht an.

»An einem Sonntagnachmittag, ich war auf dem Weg nach Bremen, kam Klaas zu mir ans Auto und bat mich um ein Treffen ...«

27

18 Jahre zuvor

»Ich habe was Blödes gemacht«, offenbarte Klaas de Witt und sah Josefine zerknirscht an. »Arabella setzt mich ganz schön unter Druck.«

Josefine, sie war gerade im Begriff, nach Bremen zurückzufahren, stand an ihrem Auto. »Wieso das denn?«

»Es ging ums Thema Heiraten.«

Josefine musste lachen. »Ich weiß, dass du kein großer Freund vom Heiraten bist. Meine Schwester muss sich eben mit einer Verlobung zufriedengeben. Meine Ehe ist ja auch nicht gerade ein Zuckerschlecken.«

»Das ist es nicht alleine …«, murmelte Klaas und sah sich um. Arabella kam gerade aus dem Haus gestürmt und lief zum Auto ihrer Schwester. »Hast du was vergessen?«

»Nein«, sagte Josefine schnell und stieg ins Auto. Sie kurbelte das Fenster herunter. Klaas tat so, als würde er ihr die Hand reichen. »Ich muss unbedingt mit jemanden reden. Beim nächsten

Mal treffen wir uns am besten bei mir zu Hause«, raunte er und klopfte auf das Dach des Kleinwagens.

»Ist gut.« Im Rückspiegel sah Josefine, wie Klaas und Arabella einträchtig nebeneinanderstanden und ihr nachwinkten.

Mit ihrem nächsten Besuch in Neuharlingersiel wartete Josefine nicht lange. Sie war mehr als wissbegierig, was der Verlobte ihrer Schwester auf dem Herzen hatte. Schon eine Woche später tauchte sie wieder in dem Küstenort auf, was Arabella mit hochgezogenen Augenbrauen quittierte.

»Hast du wieder Stress mit deinem Mann?«, fragte sie argwöhnisch nach.

Josefine zuckte nur wortlos mit den Schultern und kümmerte sich wie immer um die Buchhaltung des Hagebuttenhofs.

Am Nachmittag, Arabella saß beim Friseur, verließ sie den Hof und fuhr eilig zu Klaas' Haus. Der hatte sie schon erwartet.

»Was ist los?«, fragte sie direkt. »Ich will nicht lange bleiben. Außerdem ist es mir unangenehm, Geheimnisse vor meiner Schwester zu haben.«

»Ich kann Arabella nicht heiraten«, platzte Klaas heraus, »weil ich noch verheiratet bin. Ich habe auch nicht die Absicht, mich scheiden zu lassen, das habe ich meiner Frau fest versprochen.«

Irgendwie hatte Josefine so etwas geahnt. Es wurde ein langes, intensives Gespräch, in dem auch Josefine ihr Herz ausschüttete. Sie sprach von dem schlechten Zustand ihrer Ehe und den ewigen Affären ihres Mannes. Erleichtert verließ sie spät am Abend Klaas, erfüllt von der Erkenntnis, dass ein Gespräch mit einem verständnisvollen Menschen Wunder für das seelische Gleichgewicht bewirken konnte.

Bei den folgenden Besuchen und weiteren heimlichen Treffen kamen sich Klaas und Josefine nahe, sehr nahe. Er äußerte immer wieder sein Verständnis für ihre Lage und drängte sie, ihren Mann endlich zu verlassen. Josefine genoss die heimliche Liebesbeziehung, hatte aber ein schlechtes Gewissen und tat alles, damit ihre Schwester nichts davon mitbekam.

Arabella wunderte sich zwar, dass ihre Schwester so häufig in Ostfriesland auftauchte, schob es aber auf ihren Schwager in Bremen, der sehr ruppig und bestimmend sein konnte.

Zu ihrer Überraschung wurde Josefine schwanger. Sie wusste aber nicht genau, wer der Vater des Ungeborenen war. Ihr Mann Alwin schien über den angekündigten Nachwuchs sehr erfreut. Sofort schloss er eine Ausbildungsversicherung für das Kind ab, verzichtete aber auch während der Schwangerschaft seiner Frau nicht auf seine diversen Techtelmechtel.

Im Alter von zwei Jahren hatte Henriette einen schweren Unfall. Sie hatte sich von der Hand ihrer Mutter losgerissen und war auf die Straße gelaufen. Ein Auto erfasste das Mädchen, welches sofort in die nächste Klinik gebracht wurde. Bei den Bluttests der Eltern zur Vorbereitung einer Bluttransfusion für Henriette kam heraus, dass Alwin van Allen niemals der biologische Vater des Kindes sein konnte. Aber anstatt sich von seiner Frau zu trennen, bestand er auf dieser Ehe.

»Diese Blamage darf niemand erfahren. Ein Kuckuckskind … so weit kommt es noch … Wie steh ich denn da?«, schrie er. »Ich werde für immer in der Öffentlichkeit der Vater deiner Tochter sein. Dadurch bist du für immer an mich gebunden. Das musst du schon aushalten. Der Kerl wird niemals seine Tochter gerichtlich anerkennen können, das werde ich zu verhindern wissen. Ich würde mich ja vor aller Welt zum Gespött machen.«

Josefine ließ sich dennoch nach zwei weiteren Jahren scheiden. Ihr Exmann strebte wiederholt eine Klage wegen des alleinigen Sorgerechts an, mit der er aber regelmäßig scheiterte.

Klaas nahm die Botschaft Josefines, dass er Vater einer Tochter war, nur mit einem Kopfnicken zur Kenntnis. Des Weiteren zeigte er keinerlei Interesse an einer weiteren heimlichen Beziehung mit der Mutter seiner Tochter.

In den darauffolgenden Jahren, auch nachdem Josefine und Henriette endgültig nach Ostfriesland gezogen waren, verlor er kein Wort über seine Vaterschaft. Josefine war das eigentlich ganz recht. Ihr Exmann zahlte regelmäßig Unterhalt für das Mädchen, alle waren zufrieden. Bis auf Arabella, die immer und immer wieder das Thema Heirat zur Sprache brachte.

Henriette wurde eingeschult, weigerte sich, je älter sie wurde, an den Wochenenden zu ihrem Vater nach Bremen zu fahren. Mit Sorge beobachtete Josefine Klaas' Ablehnung dem Mädchen gegenüber. Sie hatte zunehmend das Gefühl, dass er auch ihr aus dem Weg ging.

Den Zeitpunkt, ihre Tochter und ihre Schwester über die wahren Verhältnisse aufzuklären, hatte sie längst verpasst. Ein paar Mal war sie kurz davor, dann verließ sie aber der Mut. Dann eben nicht, dachte sie erleichtert und hoffte, dass auch weiterhin der Mantel des Schweigens über der Wahrheit liegen würde.

28

»Ich habe dann einfach beschlossen, alles so zu belassen, wie es war«, beendete Josefine ihre Erzählung.

Elaine hatte eine Kanne Tee gekocht und den Tisch gedeckt. Sie saß neben mir und wartete ab, was nun geschehen würde.

Arabella war kalkweiß im Gesicht. Josefine starrte auf das Muster des Sofakissens, während Henriette ihre Hände hielt.

In diesem Moment war der Bruch in der kleinen Familie deutlich zu spüren. Niemand sagte etwas. Plötzlich fühlte ich mich verantwortlich, da ich diese Situation mit meiner nächtlichen Unternehmung heraufbeschworen hatte. Sollte ich jetzt vielleicht etwas unternehmen? Aber was?

»Mein Vater, also der in Bremen«, unterbrach das Mädchen mit leiser Stimme die Stille, »er wusste, dass ich nicht seine leibliche Tochter bin. Er hat mir das eines Tages im Streit einfach so vor den Kopf geknallt. *Aber ich bin dein gesetzlicher Vater und du tust, was ich sage.* Das waren seine Worte. Ich war total geschockt. Ich habe ihn dann gefragt, wer denn mein richtiger Vater wäre. *Der*

Kerl da auf eurem Hof, der hat das verbockt, hat er gesagt. Er wollte mich in ein Internat ins Ausland schicken. *Du brauchst Abstand von deiner Mutter,* meinte er und dass Mama einen schlechten Einfluss auf mich hätte.«

»Hast du ihm geglaubt?«, wollte ich von ihr wissen.

Henriette schüttelte den Kopf. »Ich habe gedacht, dass er Mama und mir nur Stress machen wollte. Aber an dem Tag, als Klaas mit mir zum Strand gegangen ist … wir wollten Drachen steigen lassen. Das war so einer der wenigen Momente, in denen Klaas sich für mich Zeit genommen hat, meistens war er ja mir gegenüber sehr zurückhaltend und schweigsam.«

Arabella und Josefine saßen immer noch wie versteinert da.

»Am Strand, was hast du da gesehen?«, fragte ich nach.

Henriette strich ihre Haare wieder nach hinten. Ganz deutlich konnte ich nun das Muttermal an ihrer Schläfe sehen. Ich wunderte mich, dass das niemandem vorher aufgefallen war. Aber jetzt erinnerte ich mich an das Foto von Klaas de Witt im Flur des Hagebuttenhofs. Er war ein dunkler Typ und sonnengebräunt, somit fiel das Muttermal nicht sofort ins Auge. Und Henriette? Da sie ihre Haare immer offen trug, war das Muttermal unter ihren Haaren versteckt.

»Am Strand ... ja, da ist es mir aufgefallen. Noch niemals vorher habe ich diese Gemeinsamkeit mit dem Ding da«, sie tippte an ihre Schläfe, »bemerkt.«

»Und da hast du vermutet, dass dein Vater eventuell doch recht haben könnte?« Das Mädchen tat mir leid. Wie sollte sie jemals mit dem ganzen Durcheinander in ihrer Familie zurechtkommen?

Henriette nickte. »Lange habe ich darüber nachgedacht. Eines Tages habe ich allen Mut zusammengenommen und Klaas angesprochen. Zuerst hat er mich angesehen, als ob ich Chinesisch reden würde. Als ich nicht lockergelassen habe, hat er mich zu meiner Mutter geschickt. Von da an ist er mir so gut es ging aus dem Weg gegangen.«

Mit großen Augen sah Josefine ihre Tochter an. »Du kannst doch immer mit mir über alles reden. Warum hast du mich nicht einfach gefragt?«

Arabella schlug mit der Hand auf den Tisch. »Hörst du dir eigentlich manchmal selber zu?«, herrschte sie ihre Schwester an. »Kannst du dir eventuell vorstellen, wie peinlich das für deine Tochter war? Stimmt doch Henriette, oder?«

Diese zuckte mit den Schultern. »Ich weiß nicht, ich habe mich nicht getraut ... Wochenlang habe ich überlegt, was ich machen sollte. Irgendwann habe ich Klaas angesprochen und ihn inständig gebeten, doch jetzt endlich reinen Tisch zu machen und mich auch offiziell als seine Tochter anzuerkennen. Es war auch wegen des Internates...

Ich wollte doch nicht von hier weg, meine Freunde, die Schule und all das …«

»Und du wusstest also von deinem Vater, ich meine damit den Ehemann deiner Mutter, dass Klaas dein Vater ist? Und auch wegen des gemeinsamen Muttermals?«, wollte ich von ihr wissen.

»Aber warum hast du denn nie mit mir darüber gesprochen?« Josefines Stimme klang rau.

Mit einem Ruck löste sich Henriette von ihrer Mutter. »Wieso hätte ich das Thema anschneiden sollen, Mama?«, schrie sie voller Verzweiflung. »Du hättest von dir aus mit mir reden müssen. Hast du eine Ahnung, wie wichtig es ist, seine genaue Herkunft zu kennen?« Ihr Gesicht war jetzt knallrot. »Ich bin hier das Kind, falls du das vergessen hast. Es ist sowieso alles deine Schuld.«

Elaine reichte dem Mädchen ein Taschentuch. »Beruhige dich doch. Magst du weitererzählen?«

Henriette nickte und sah uns abwechselnd an. »Was soll ich denn erzählen?«

»Zum Beispiel, woher du so genau wusstest, dass Klaas wirklich dein Vater ist?«, schlug Elaine vor. »Die Sache mit dem Muttermal hätte ja auch ein Zufall sein können.«

»Zuerst habe ich meine Mutter gefragt, ob das sein kann, dass mein Vater, also Alwin, immer noch ärgerlich auf sie ist, weil sie sich dauernd streiten würden wegen des Sorgerechts und dem Internat …« Sie bedachte ihre Mutter mit einem grimmigen Blick. »Sie hat gesagt, dass solche

Auseinandersetzungen in den besten Familien vorkämen und sich sicher wieder legen würden. Maßgebend wäre das harmonische Zusammenleben mit den Menschen, die für mich sorgten.«

Die beiden Schwestern sagten kein Wort. Elaine füllte die Tassen erneut und lehnte sich dann abwartend zurück.

»Henriette, wenn du eine Pause brauchst …?« Ich konnte sehen, dass sie vollkommen fertig war.

»Nein, geht schon«, entgegnete sie. »Ich bin ja froh, wenn ich das alles hinter mir habe.«

»In Ordnung.« Ich nickte ihr aufmunternd zu. »Was hast du dann gemacht?«

»Heimlich einen Test gemacht.«

»Einen Vaterschaftstest?«

»Ja, das geht ganz leicht. Ich habe mir die Sachen schicken lassen, und zwar an die Adresse einer Schulfreundin. Ein paar Haare aus Klaas' Bürste im Bad von Arabella und von mir eine Haarsträhne, das war alles kein Problem.«

»Aber dazu braucht man doch Einverständniserklärungen der Beteiligten?« Arabella hatte ihre Sprache wiedergefunden.

»Das ist doch kein Problem«, entgegnete Henriette mit einem gewissen Stolz, »das kann man alles am Computer manipulieren.«

»Aber Kind, ich verstehe immer noch nicht … warum hast du? …« Josefine wirkte nach wie vor fassungslos.

Henriette beachtete ihre Mutter nicht. »Meine Freundin hat mir den Antwortbrief mit in die Schule gebracht, ich hatte wieder ihre Adresse angegeben. Ich bin dann aufs Klo ... *99,9 Prozent Übereinstimmung* stand da. Jetzt hatte ich Klarheit.«

Das Mädchen sprang plötzlich auf, stellte sich in die Mitte der Küche und gestikulierte wild mit den Armen. »Alle haben mich belogen, niemand hat mir die Wahrheit gesagt. Das mit Klaas ... sollte ja alles ganz anders ... Ich wollte ihn nur verletzen, damit ich mich um ihn kümmern konnte. Ich hatte die Hoffnung, dass ihn dann diese Nähe ein bisschen weicher stimmt und er mich doch als seine Tochter anerkennt, damit mein Vater keine Gewalt über mich hat. Ich hatte sowieso keine Lust mehr, jedes zweite Wochenende nach Bremen zu fahren. Erst recht, seit er mit dieser Frau zusammenlebt.«

»Welche Frau?« Josefine war sichtlich überrascht.

Hektisch hatte Arabella begonnen, das schmutzige Geschirr in die Geschirrspülmaschine zu räumen. Mit dem Knie gab sie der Tür einen Stoß, sodass diese scheppernd einrastete.

»Und wie hat sich das alles weiterentwickelt?«, fragte ich nach.

Resigniert setzte sich Henriette wieder und zuckte mit den Schultern. »Klaas hat kein Wort von sich gegeben, meine Mutter hat alles totgeschwiegen und mein Vater hat wie immer rumgestänkert.«

»Wie war das denn nun mit dem Sturz auf der Kellertreppe? Kannst du uns das erzählen?«, bat ich sie. Ich bezweifelte, dass Henriette den Tod von Klaas absichtlich herbeigeführt hatte. War es doch ein Unfall gewesen?

»Eines Tages habe ich zufällig mitbekommen, dass meine Tante Klaas am Morgen gebeten hatte, etwas zum Mittagessen aus dem Keller zu holen.« Henriette machte eine kurze Pause, ehe sie weitersprach. »Woher der Gedanke mit dem Seil kam, weiß ich nicht mehr. Es hat sich alles einfach so ergeben. Ich wusste, dass Klaas der Einzige in unserer Familie war, der da runterging. Der Getränkehändler war am Tag vorher da gewesen, also ging ich davon aus, dass nur Klaas an diesem Tag in den Keller gehen würde. Deshalb habe ich am Morgen ein dickes, grobes Seil an der Wand festgemacht.«

»Wo hattest du das her?«

»Ich hatte es schon Wochen vorher hinten im Garten gefunden und es aufgehoben. Für was ich es verwenden könnte, wusste ich da noch nicht.«

»Wo hast du es festgemacht?«

»Mit ein paar Nägeln an der Wand zwischen den vielen Ritzen, ungefähr in der Mitte der Kellertreppe. Da ist es immer sehr dunkel, deshalb konnte man nichts sehen. Ich wollte sichergehen, dass das Seil nicht reißt.«

»Was hast du dann gemacht?«

»Ich habe mich versteckt und das Kellerfenster beobachtet. Als das Licht im Keller anging, wusste ich, dass Klaas jetzt an der Kellertreppe war. Einen kurzen Moment habe ich gewartet ... Jetzt ist er bestimmt gestolpert und braucht meine Hilfe, dachte ich und bin ihm hinterher. Klaas lag da, sein Kopf ... die Augen ... das war nicht gut.«

»Du wolltest also nicht, dass sich Klaas ernsthaft verletzt?«

»Nein«, schrie sie, »ich wollte doch nur, dass er meine Hilfe annimmt. Mehr wollte ich nicht.«

Josefine war jetzt ebenfalls aufgestanden. Sie nahm ihre Tochter in den Arm. »Ich bin mir sicher, dass du ihm nicht wehtun wolltest.«

»Wer es glaubt, wird selig«, keifte Arabella und warf das Spültuch auf den Boden. »Da siehst du mal, was du mit deiner liederlichen Art alles hervorgerufen hast.« Mit funkelnden Augen blickte sie zu ihrer Schwester. »Du hattest doch einen Mann! Musstest du mir dann auch noch Klaas wegnehmen?«

Mit den wüstesten Beschimpfungen auf ihre Familie verließ die Tanzlehrerin die Küche und warf die Tür donnernd ins Schloss.

So schnell kann eine Familie zerbrechen, dachte ich. War es meine Schuld? Hätte ich mich raushalten sollen? Vielleicht hätte niemand Henriettes Tat aufgedeckt und alles wäre gut gewesen.

Elaine strich mir kurz über den Arm. Sie wusste, was ich dachte.

»Henriette«, sprach Elaine jetzt das Mädchen an. »Was hast du dann gemacht, als Klaas auf dem Kellerboden lag? Bist du sicher, dass er tot war?«

»Er hat nicht mehr geatmet, seine Augen ... der Puls, ich konnte keinen finden.«

»Er war sofort tot«, bestätigte ich, »das hat die Polizei in ihrem Bericht festgehalten.«

»Sag ich doch ... Das Seil und die Nägel habe ich schnell mit einer kleinen Zange wieder entfernt, damit niemand was bemerkt. Leise bin ich nach oben und habe mich in meinem Zimmer versteckt. Ich hörte dann, wie Mama und Arabella nach Klaas suchten. Ich bin so lange oben geblieben, bis ich den Krankenwagen gesehen habe.«

Mutter und Tochter saßen jetzt engumschlungen auf dem Küchensofa.

»Kannst du dich einen Moment um die beiden kümmern?«, flüsterte ich Elaine zu.

»Kein Problem.«

Ich ging nach draußen, öffnete die Haustür und atmete ein paar Mal tief durch. Ich hatte erwartet, Arabella oder Josefine auf der Kellertreppe anzutreffen, aber nicht die erst sechzehnjährige Tochter. Wie viel Schuld hatten die Erwachsenen durch ihr konsequentes Schweigen auf sich geladen? Zum Glück mussten das nun andere entscheiden, denn ich hatte darauf keine Antwort.

Tief sog ich noch einmal die kühle Nachtluft ein. Dann wählte ich Bertus‘ Telefonnummer.

29

»Henriette wird im Rahmen des Jugendstrafrechts verurteilt werden«, klärte mich Bertus später auf, als wir in meinem Büro saßen und die ganze Geschichte noch einmal durchgesprochen hatten. »Dabei ist eine Haftstrafe bis zu zehn Jahre möglich.«

»Das hört sich nicht gut an«, entgegnete ich mit einem beklemmenden Gefühl. »Ich drücke Henriette fest die Daumen, dass sie mit einer milden Strafe davonkommt.«

Für mich war sie das eigentliche Opfer in diesem Drama, in dem die Beteiligten alles für sich behalten und versäumt hatten, klare Verhältnisse zu schaffen.

Josefine verließ wenig später den Küstenort und zog wieder nach Bremen. Ihre Schwester Arabella verkaufte den Hagebuttenhof an den Bauunternehmer Kannengieser und verließ Deutschland in Richtung Portugal.

Bei uns im Café lief alles so weiter, wie wir es gewohnt waren. Die beiden Ortspolizisten tranken regelmäßig ihren Kaffee bei uns. Der schöne Sigi stänkerte weiterhin über den hohen Zuckerkonsum seines Kollegen, während er sich über seine korrekt geföhnten Haare strich.

Harm hatte eine neue Freundin, eine geschiedene Frau mit acht Kindern. Das bewahrte ihn zumindest vor unliebsamen Heiratsanträgen und Vaterschaften.

Elaine hat mit Kai-Uwe Schluss gemacht, nachdem sie versucht hatte, ihn nach ihren Wünschen zu formen. Aber er lehnte immer wieder Besuche im Solarium und modische Klamotten ab. Derzeit hat sie ihren Account auf einem Datingportal wieder aktiviert und hofft auf ein Treffen mit Mister Perfect.

Tante Fanny hat mir ein Päckchen mit schottischen Pralinen geschickt und ihren nächsten Besuch für das kommende Frühjahr angekündigt.

Und Selma hat mir den Katalog eines Versandhandels auf meinen Schreibtisch gelegt. *Für die starke Frau* stand in roter Schrift auf der ersten Seite. Das war gut, denn ich benötigte dringend einen neuen schwarzen Rock.

Moin liebe Leserinnen und Leser

Ich freue mich, dass Sie sich darauf eingelassen haben, Emely Petersen kennenzulernen. In ihr steckt viel von uns allen, die täglichen Herausforderungen, eine gewisse Bereitschaft am Leben seiner Mitmenschen teilzunehmen und die Genussfähigkeit an den kleinen Dingen des Alltags.

Wenn Sie mehr über Emely Petersen lesen wollen:

„Tango, Torte und ein Mord"
„Kamillentee für eine Leiche"
„Operation Ananas"
„Tildas dicke Fische"
„Im Watt nix Neues"

„Jaspers Giftbude"

„Die Lichtmacher"

„Hagebutten Blues"

Alle Bücher sind in sich abgeschlossen und können unabhängig voneinander gelesen werden.
Die Printbücher gibt es in jeder Buchhandlung und in jedem Onlineshop.
Das ebook erhalten Sie bei amazon.de.

Newsletter

In den doch recht stillen Stunden beim Schreiben an meinem Laptop (ich gucke zwischendurch mal aus dem Fenster und verfolge interessiert, wie mein Nachbar seine Müllsäcke an die Straße stellt), merke ich, dass ich doch hin und wieder eine Plaudertasche bin.

In meiner „Post von der Küste" kann ich mich diesbezüglich sicherlich ausleben.

Wer also Interesse an meinem Newsletter hat, findet die Anmeldung dazu auf meiner Webseite:

https://www.ele-wolff.de/

Außerdem bin ich auf Facebook oder Instagram zu finden.

Ansonsten bin ich irgendwo an der Küste Ostfrieslands unterwegs, wo ich stets Ausschau nach neuen Herausforderungen für Emely Petersen halte.

Ihre Ele Wolff

Autorin Ele Wolff

...über Liebe, Lust und Leichen
Krimis und andere Gemeinheiten...

Nach dreißig Berufsjahren als Krankenschwester, nach einem Umweg als Galeristin und Vermieterin von Ferienwohnungen auf der Insel Borkum, lebe ich heute in Leer/ Ostfriesland. Auch wenn ich keine waschechte Ostfriesin bin, (in Frankfurt/ Main geboren) betrachte ich mich doch als Gesinnungsostfriesin und gebe mich ganz meinen kriminellen Energien hin. In Ostfriesland, hinter den Deichen, im Watt und auf den Inseln geschehen manche unheimlichen Dinge, von denen niemand etwas weiß.
Das ist genau die Umgebung, die die Fantasie anregt. In den Geschichten kann ich Gedanken ausleben, die man im wahren Leben nicht so leicht findet oder die unangebracht sind. Ich kann unliebsame Ehemänner oder Chefs entsorgen, reich durch Erbschaft werden oder einfach in einen anderen Erdteil flüchten. Und was besonders von Vorteil ist: Schreiben ist spannend und es macht nicht dick.

Weitere Bücher der Autorin

„Janneke Hoogestraat ermittelt“ -Print & ebook Reihe:

1. Friesenhuus
2. Eisige Gier
3. Mörderischer Nebel
4. Die Toten von Spiekeroog
5. Greetsieler Mühlenmord
6. Mord mit Deichblick
7. Der Wattlooper von Harlesiel
8. Ebbe und Wut

„Henriette Honig ermittelt“- ebook Reihe:

1 Das tote Kind
2. Ostfriesisches Gift
3. Stummes Herz
4. Mörderisches Emden
5. Mordsplan
6. Nordseetod
7. Tod im Strandkorb
8. Spurlos in Ostfriesland
9. Fünf-Sterne-Mord
10. Küstenwut
11. Rysumer Fluch
12. Der Sanddornmörder

Weitere Bücher:
Bei Stina brennt noch Licht-ebook
Das Geheimnis von Hooksiel-ebook

ISBN 978-3-7584-4183-7
9 783758 441837 00001
www.epubli.com

Printed in France by Amazon
Brétigny-sur-Orge, FR

21562426R00133